魔豆

魔豆

春秋異聞

卷六
代神村

醉琉璃 著

春秋異聞

卷六

目錄

楔子

夕陽西斜，淡薄的餘暉灑落在雲層上，將整片天空染成了一片詭譎的橘紅色。白天與夜晚的分界，讓人想到了逢魔時刻。

佔地廣大的公園裡此刻早已沒有了白日的喧鬧，少了孩子們身影的遊樂器材孤伶伶地佇立著，沒有關緊的洗手台水龍頭，則是滴滴答答地流出水。

但在公園一角，下方鋪著沙子的鞦韆上，卻孤單地坐著一道嬌小身影，懸在半空中的兩條腿晃呀晃的，彷彿連白色小皮鞋上的紅蝴蝶結都要飛舞起來似的。

那是一名髮長及背、穿著白洋裝的小女孩，烏黑的大眼睛、紅撲撲的臉頰，看起來極爲討喜可愛。但那張圓潤的小臉蛋此刻卻沒有了笑容，軟軟的嘴唇也被貝殼般的細白牙齒緊咬著不放。

粗嘎的叫聲刮過樹梢，那聲音砸在安靜的公園裡如同被無限放大，嚇得小女孩不禁縮了縮肩膀，透露不安的大眼睛往上方瞅著，看清那只是一隻鳥之後，才心有餘悸地鬆了口氣。

只是才剛安下心來，枝葉摩擦出的沙沙聲又驚得小小的身子一彈，一雙圓黑的眸子頓時睜得更大了，滿滿地寫著驚惶。

小女孩心驚膽跳地看著只剩下自己一人的公園，原本覺得有趣的溜滑梯，此刻看起來就像一頭張著血盆大口的怪物；被風吹動而滾了幾圈的空罐子發出喀咚的刺耳聲音，讓小女孩本就敏感的神經頓時繃得更緊了。

「莉莉想回去……」小女孩的聲音聽起來帶著哭腔，睫毛快速地搧動幾下，忍不住懊惱起自己為什麼要和媽媽賭氣。

只要一想起下午時，自己鼓著腮幫子，氣呼呼地大吼「我最討厭妳了，妳才不是我媽媽」，莉莉就覺得好後悔。

因為媽媽對她太好了，給她買了漂亮乾淨的衣服，帶她去吃好吃的東西，不知不覺間，她便覺得只要自己開口要求，不管什麼事，媽媽都會替她實現。

可是，好孩子是不該那麼貪心的……

她已經有了三個洋娃娃，卻還是忍不住央求媽媽再替她買一個，結果媽媽拒絕了她。

莉莉不知所措地坐在鞦韆上，玫瑰色的天空已趨於暗淡，很快就要被夜色吞沒。

她好想要回民宿找媽媽，可是又好怕媽媽真的不理她，因為莉莉說了讓媽媽傷心的話。

莉莉絞著手指頭，眼睛不安地眨動著。她看了看空曠的公園，又看了看披覆上黛藍色彩、只餘一絲殘光的天空，決定還是鼓起勇氣，回去民宿向媽媽道歉。

她深呼吸一口氣，兩隻小手捏成了拳頭狀，為自己打氣，隨即一骨碌地跳下鞦韆，想快點離開這座安靜到可怕的公園。

小小年紀的莉莉其實很害怕，怕那些立在草地上的小矮人雕像會不會突然變成怪物，向自己撲過來？

只是亮晶晶的白色小皮鞋剛落在沙地上，莉莉就聽見斜後方的樹叢傳來沙沙沙的聲響，她嗚咽了一聲，緊張地回過頭，一雙眼睛瞪得大大的。

在莉莉不安的注視下，枝葉輕輕地晃動了幾下，隨即被什麼撥開來，從裡頭伸出一隻潔白修長的手。緊接著在手臂之後，是一道背著光的模糊身影。

「寶貝。」悅耳的女聲輕柔地喊著。

熟悉的暱稱與聲音讓莉莉愣了一下，但隨即她驚喜地張大雙眼，三步併作兩步地向樹叢方向奔去。

「媽媽！妳怎麼知道莉莉在這裡？」一把揪住那細白的手指，莉莉仰起頭，小臉上滿是光彩。

雖然那道身影依舊背著光，甚至大半身子都隱在樹叢裡，讓人看不真切，但莉莉卻堅信，會這麼溫柔呼喚她的人自然是媽媽了。

因爲媽媽總是喊著她寶貝、寶貝。

莉莉將臉頰貼在白皙的手背上，像隻小貓般蹭了蹭，欣喜著媽媽沒有生自己的氣，反而特地來公園找自己。

「走了，寶貝，我們該回家了。」溫柔的聲音這樣說著，同時握住莉莉的小手，將她慢慢拉進了樹叢裡。

「媽媽，我們不是要回民宿嗎？」莉莉困惑地抬起頭，在那道身影的牽引下，她逐漸踏進樹叢。

一片片葉子搔得她皮膚不太舒服，甚至走了幾步之後，她最喜歡的小洋裝被樹枝勾住了，這讓莉莉緊張地停下腳步，就怕裙子會被勾破。

但前方的身影卻好似渾然未覺，依舊緊握莉莉的小手，以有些強硬的力道拉扯著人。唰啦一聲，漂亮洋裝的裙襬被勾破了，莉莉慌張地驚叫一聲，同時也覺得手腕被抓得好痛。

「媽媽，妳抓痛莉莉的手了！」莉莉忍不住掙扎，想要脫出那隻潔白的手，但修長的手指卻像是鐵箍一樣，緊緊圈著她手腕不放。

「好痛！放開我！」稚嫩的童音拔高，莉莉原本喜悅的心情在這一刻變得緊張且害怕。前面那個人真的是媽媽嗎？從剛剛到現在，她一直沒有轉過頭來……

莉莉越想越心慌，白色皮鞋使勁地蹬在泥地上，掙扎著向後退，想要把手腕扯出來。

或許是莉莉反抗得太激烈，前方只顧著埋頭向前走的身影終於停下步伐，但細白的手指依舊沒有鬆開，甚至指尖像是要掐進莉莉手腕的皮膚裡。

莉莉頓時疼得哭叫起來，「討厭！放開、放開！好痛喔！」

小女孩的聲音高亢且尖銳，像刀一般劃破了寧靜的公園。枝葉在她的掙扎下不住晃動著，但那道身影卻反倒用比先前更大的力道，將嬌小的身子硬拖向自己。

兩人近得只剩不到一公分的距離。

粗暴的力道驚得莉莉瞠大雙眼，小嘴也駭得闔不起來。那道身影鬆開了手，彎下腰，將自己的臉湊到莉莉眼前。

那是張蒼白到沒有一絲血色的女性臉孔，細長的眼睛看不到眼白，只有濃厚詭異的綠色瀰漫在裡頭。

但是，讓莉莉驚駭萬分的卻不是那雙眼睛，那名女子……那真的可以稱為女子嗎？

莉莉駭瞪著對方的兩側肩膀，從那裡延伸而下的不再是兩隻纖細白皙的手臂，而是一雙覆著蒼藍羽毛的翅膀，一團團淡藍色的磷火在她周身懸浮晃動。

那張蒼白的臉孔注視著莉莉，兩隻翅膀無聲地將她合攏在懷中……

第一章

寬廣的水泥廣場上，一根根木頭被搭建起來，顏色艷麗的帆布飄揚著，隱約可見舞台的輪廓正慢慢成型。

吆喝聲此起彼落地在場中響著，有的人扛木頭，有的人搭起梯子爬上高處，也有的人嘴裡叼著鐵釘、手拿鐵槌，將木頭釘起來。

廣場邊站了不少圍觀的人，他們或是神情興奮，或是交頭接耳，還有幾個孩子探頭探腦地想要跑近舞台邊，卻被母親拉了回來。

這是代神村爲了一年一度的祭典而搭建的舞台，光是在籌備的這段期間，就足以讓村子裡洋溢起熱鬧的氣氛。不過和往年略有不同的是，這次多了不少年輕女性圍觀。

吸引女性們視線的，是兩道坐在舞台骨架上的高瘦身影。一人紅髮搶眼、臉孔俊美；一人紮著高馬尾、相貌中性。他們正低著頭，手抓繩索地將木頭綑緊。

就在兩人俐落地將繩索打了結，正準備走向另一端在指揮的黝黑中年男人——對方是這次祭典的總幹事——詢問還有什麼需要協助的時候，一道靦腆的嗓音從下方傳來。

「左容、左易，我們送水過來了。」

站在舞台高處的兩人垂眼往下看去，只見一名身形瘦弱的清秀少年牽著黑髮小女孩，正朝著他們揮手。

被稱作左容與左易的兩人目測了下所在之處與地面的距離，隨即動作敏捷地一躍而下。這番動作頓時引來不少人的側目，就連出聲呼喊他們的少年也嚇了一跳，反射性牽著妹妹往後退。

「唷，小不點。」左易雙手按著膝蓋，低下頭，張揚的紅髮被陽光映得閃閃發亮。他咧開嘴，露出森白的牙齒，一雙桀驁不馴的眼愉快地吊起。

被左易暱稱為小不點的長髮小女孩仰起頭，如水晶般剔透的黑眸瞅著對方，蒼白的膚色讓她看起來就像一尊瓷娃娃。

「小易，夏蘿有幫忙做飯糰，在桌子那邊。」夏蘿伸出手，比向廣場邊大樹下的桌子，那裡堆放著礦泉水與飯糰，已有不少男子陸續聚集過去。

而紮著馬尾、有著中性外表，常讓人誤會為男孩子的左容，與少年對上視線後，眼底則是泛過一抹關切，「春秋，你怎麼不戴個帽子再出來？今天太陽那麼大，很容易中暑的。」

「我、我沒事的。」夏春秋的語氣帶著一絲羞澀，「我覺得來到代神村之後，好像比較沒有那麼容易中暑了。」

「這樣嗎？」左容雖然仍抱有一絲疑慮，但上下打量過夏春秋、確定他沒有一絲不適症狀後，也就安心了。

「左容，妳的手還好嗎？」夏春秋的視線落在左容手臂上，白皙的肌膚上有一道略顯猙獰的嫩紅疤痕。

「沒事了。」左容將手臂伸到夏春秋面前，「你可以摸摸看，都好得差不多了。」

「不，我、我……」夏春秋瞬間紅了耳朵，連話都說不利索了，但在左容堅持的眼神下，他還是臉蛋燥熱地摸上仍有些凹凸不平的疤痕。

「沒羞沒臊的。」左易沒好氣地往左容翻了一個白眼，隨即目光垂下，對上小女孩黑亮的大眼睛。

「小易的手好了嗎？夏蘿也可以摸摸你的手嗎？」

於是上一秒還在鄙視胞姊的紅髮少年，當下毫不猶豫地將手伸了出去。

說起左容、左易手上的傷口，那是一個多禮拜前，他們前往橙華鎮尋找失蹤的父親時，在母親授意下用玻璃碎片劃開皮膚，以自己的血畫出功效堪比符咒的圖陣，用來破解屋靈的禁錮。

而現在一行人之所以會出現在這裡，則是受了花忍冬所邀，前往他的家鄉代神村作客。導覽過村子後，花忍冬想著幾個同學都沒有參與過祭典的前置作業，乾脆拉著他們加入籌備委員會底下的小分隊，幫忙跑跑腿或是做些雜事。

左家雙子本來是沒什麼意願的，但見夏家兄妹一副躍躍欲試的模樣，渾然沒有意識到自己的小身板是多麼單薄，爲了避免這兩人自不量力地去做些應付不來的體力活，他們才勉爲其難地答應花忍冬，條件就是要將夏春秋與夏蘿排除在勞動隊伍之外。

先不論左容、左易私心如何，花忍冬才不想告訴他們，籌備委員會若是見到身形瘦弱的夏春秋和年齡稚幼的夏蘿，是不會將這兩人算成戰力的。

夏家兄妹眼見自己無法像花忍冬或是左容、左易那樣出力，便自告奮勇地接下送水、送便當的任務。

在大太陽底下待了好一陣子，左易不只鼻尖冒出汗珠，額頭也覆著一層細密汗水，他順手拉起衣服擦了擦臉。

接著，就像是嫌熱似的，乾脆脫掉上衣綁在腰間，露出了精瘦結實的上半身。

左易是那種穿衣顯瘦、脫衣有肉的類型，不只手臂肌肉線條優美有力，就連腹肌也極爲明顯，襯著他那張如同凶器般的俊美臉龐，看得周遭女孩不禁發出此起彼落的興奮抽氣聲。

夏春秋一轉頭，就發現妹妹也正目不轉睛地盯著左易，而且盯著盯著，竟然還以軟軟的童音提出要求。

「夏蘿可以摸嗎？」

夏春秋頓時也像那些女孩子們一樣，發出一記響亮的抽氣聲，只是他是倒抽一口涼氣，震驚於妹妹眞的要跟「早戀」兩字劃上等號嗎？

夏春秋的臉色從原本的紅褪成了白，在看到左易毫不在意地應允下來，而夏蘿眞的伸出白嫩嫩小手時，蒼白瞬間轉爲了鐵青。

「小蘿不可以——」他才剛喊出聲，就見夏蘿摸了左易的腹部後，細緻的小眉頭卻皺了起來，又往自己身邊偎過來。

「太硬了，不喜歡。哥哥的比較好，軟軟的，睡在上面很舒服。」她就像是要證明話中的眞實性，臉頰貼著夏春秋的肚子，如小貓般輕輕蹭了蹭。

夏春秋現在一句話都說不出來了，臉色轉回先前的通紅，不知道是該高興妹妹沒有早戀危機，還是該恥於自己毫無鍛鍊的身材。

而身爲被嫌棄的一方，左易怒極反笑，挑起一雙好看又張揚的眼角。

「小不點，妳又沒……」

只是一句話還沒說完，左容猝不及防地踢了下他的脛骨。

「別說出來，太變態了。」

淡漠的嗓音壓得低低的，只有左易才聽得到，他當下的表情黑得跟鍋底差不多。

「春秋，廣場這邊的器材太多，小蘿容易絆倒，你先帶她到其他地方走走吧。晚一些我再打電話給你。」左容在轉向夏春秋的時候，唇邊已是帶上淺淺的弧度。

「好、好的。」夏春秋的耳朵尖好似燃著火苗，被左容分了心的他自然沒再去深思左易未完的那句話究竟是什麼。

離開廣場之後，夏春秋與夏蘿又替祭典籌備委員會送了幾次茶水點心，覺得自己總算出了一份力的兩人這才感到心滿意足。

「小蘿接下來有想去哪裡嗎？」夏春秋一邊拿手帕替妹妹擦汗，一邊問道。

「夏蘿想跟小葉姊姊、林綾姊姊玩。」黑髮白膚的小女孩雖然還是沒有太大的表情變化，但圓黑的眸子卻漾出了點點星光。

看到妹妹興致盎然的模樣，夏春秋也跟著揚起嘴角，一雙柔和的眉眼彎彎，像極了新月。只是當他牽著夏蘿的手往前走幾步時，卻突地聽到身後傳來急促的腳步聲，以及女性慌亂的呼喊——

「寶貝！」

蘊含心慌焦灼的兩個字重重地落下來，夏春秋還沒有意識到發生什麼事，只見著夏蘿的另一隻手猛地被人扯住，讓她不得不踉蹌地向後跌去。

「小蘿！」夏春秋慌張地轉過頭，卻發現扯住夏蘿手臂的竟是一名長髮散亂的女子。

「哥哥！」夏蘿眼裡瞬間流露出驚慌，她抗拒地想要將自己的右手從對方掌中抽出來。

而長髮女子在看清楚夏蘿蒼白的小臉後，就像突然失去了力氣，頹然鬆開了夏蘿的手。

「妳不是莉莉……」她喃喃低語，眼神一片茫然，「我的寶貝在哪裡……」

夏春秋反射性將夏蘿摟進懷裡，雙手護著她的背，提防這名陌生女子。但在看見對方憔悴的臉孔及疲憊的神情後，他終究壓不住心底的困惑，輕問出聲。

「請問……」

「不好意思，我認錯人了。」長髮女子重新抬起頭，朝夏春秋扯出一抹虛弱的微笑。

她的年齡約莫三十多歲，眼下有著深深的黑眼圈，神情也顯得萎靡又疲憊。她再三審視夏春秋懷中的夏蘿，從眼底溢出的失落濃到讓人無法忽視。

「請問您是在找人嗎？」夏春秋忍不住再問一次。

或許是沒想到夏春秋會向自己搭話，女子愣了一下，接著緩緩點點頭。她點頭的幅度很小，彷彿在抗拒這件事一般。

「我在找我的女兒。」女子的嗓音又輕又緩，滲出絲絲哀傷，「她失蹤了。」

夏春秋愕然睜大眼，一時不知該說什麼才好。

夏蘿從兄長的懷裡轉過身，一雙幽黑眸子也直瞅著女子不放。

瞧著夏春秋不知所措的表情與夏蘿稚氣的臉龐，女子落寞地笑了笑，「實在很抱歉，打擾你們了。」

「沒、沒關係的，您不用放在心上。」夏春秋忙不迭搖了搖手，猶豫地看著女子，嘴巴張了又闔，一副欲言又止的模樣。

見到女子準備轉身離去，他終於忍不住開口：「阿姨，請讓我們、我們送您回去……」

「黃太太！」

夏春秋的聲音與另一道粗厚的嗓音同時疊在一起，他下意識循著聲音看過去，見到一名粗壯的中年男人正朝這邊趕過來。

雖然沒有正式和對方交談過，但夏春秋對於這名中年男人還是有點印象的，那是代神村的派出所所長。

聽到叫喚，女子身子一震，原本頹喪的臉龐又重燃起希冀，急忙轉過身。

「康所長，你們發現莉莉了嗎？」

「這個……」康所長困窘地耙耙頭髮，粗獷的臉上露出愧疚的表情。

看到康所長吞吞吐吐的模樣，女子眼裡的光芒瞬間暗了下來，強撐著露出一抹笑，「所長找我有什麼事嗎？」

「因爲妳突然不見了，阿林他很擔心，請我幫忙找一下人。」

「阿林？」女子愣了下，隨即才意會過來，「所長，你說的是民宿的林老闆嗎？」

康所長點了點頭。

「眞是抱歉，讓你們操心了。但我想早一點找到莉莉，她那麼膽小，我好擔心她……」女子說到後來，聲音輕得幾乎聽不見。

夏春秋憂心忡忡地看著女子，覺得對方憔悴到彷彿風一吹就會跌倒在地。或許是他的視線太明顯，長髮散亂的女子偏過臉，朝他與夏蘿輕點了點頭，便在康所長的陪同下離開了。

「哥哥。」夏蘿輕拉了拉夏春秋的衣角。

「希望那位阿姨可以順利找到人……」夏春秋無意識地將懷裡的妹妹摟得更緊了，望著女子離去的方向喃喃說道。

代神村後頭有一座鬱鬱蔥蔥的山，名爲槐山，此時在山裡一條鋪著石板的小徑上，幾個年輕的孩子正結伴而行。

走在前頭的是一名相貌秀氣、一雙細長眼眸讓人聯想到狐狸眼的白淨少年。他的左手與右手各扛著一架梯子，但前進的步伐卻絲毫沒有落下，神態看起來輕鬆不已。

尾隨在白淨少年後方的，是一名身形圓滾滾的男孩，雖然走得氣喘吁吁，但三不五時還是不忘往自己嘴裡扔著巧克力，兩頰塞得鼓鼓的，看起來就像是儲存糧食的花栗鼠。

他這樣的行爲頓時換來後方女孩一記沒好氣的眼神。

「歐陽，你就不能先停一下嘴巴嗎？」清脆的嗓音出自留著一頭長鬈髮的女孩，杏仁狀的美麗眸子瞪得大大的，就連紅潤的嘴唇也噘了起來。

女孩膚色白皙，樣貌明媚，然而說話的時候，語氣總會不自覺地染上一抹高傲的味道。

由於這名女孩正跟在身材圓胖的男孩後面，自然可以瞧清楚他邊走邊吃的行徑，那雙細緻的眉毛不由得擰得更緊了。

「小葉，妳就讓歐陽補充一下血糖吧。」說出這句話的是負責墊後的長辮子少女，隱在鏡片後的似水眸子彎成了好看的新月狀，笑盈盈地注視著前方幾人。

「就怕補過頭變成糖尿病。」被稱作小葉的女孩輕哼一聲，一雙美眸瞪著前方的小胖子，尖銳的視線就像是兩把刀，只可惜前方的人渾然未覺。

這四人自然是夏春秋的同學了。為首的是身為本地人的花忍冬，其後則是小胖子歐陽明、容姿明媚的葉心恬，以及性情婉約的林綾。

只見花忍冬步伐矯健地又往前走一段路，直到看見某個東西才終於停下來，輕鬆地將兩架木頭梯子立在樹旁。

「發發，已經到了嗎？」歐陽明因為嘴裡塞著巧克力，只能口齒不清地問道。

「到了唷。」花忍冬比向綁在樹幹上的黃布條，示意對方將手裡的塑膠袋遞過來。

「所以，我們要做什麼？」葉心恬挑高眉毛，納悶地看向那株綁著黃布條的樹木，然後又將視線再往另一邊看過去。

除了一開始看到的樹木之外，小徑兩旁的樹木中段也都被環上了黃布條，看起來彷彿一條被拉得長長的黃色封鎖線。

林綾注意到樹梢的葉片呈羽狀複葉，樹上還綻著一朵朵淡黃色蝶形花。

「槐樹跟燈籠？」林綾雖然一眼就認出樹木品種，卻還是不解帶紅燈籠上山的用意。

「林綾眞厲害，竟然一眼就看出這是槐樹。」花忍冬眼睛亮晶晶的，目光根本黏在了林綾身上，一時間忘了身邊還站著兩個大活人。

「發什麼呆啊，你還不快點說。」葉心恬睨了他一眼。

「咳。」花忍冬回過神來，正了正臉上的表情，「咱們要做的工作很簡單。你們看，小路兩邊的樹都被綁上了黃布條，只要把燈籠掛到樹上就行了。」

他的語氣輕快無比，彷彿那是一件再輕鬆不過的工作。

歐陽明與葉心恬同時瞠大了眼睛，他們抬頭看看那約莫一層樓到兩層樓高的樹，再看向兩架有點年紀的木頭梯子。

「花花……」歐陽明胖胖的身子抖了抖，一想到樹木的高度，他就感到一陣暈眩，「你是認眞的嗎？」

「咦？人家哪裡不認眞了？」花忍冬眨巴著眼睛，困惑地反問。

葉心恬盯著花忍冬，忍不住拔高了聲音，「要我們爬到樹上？這工作哪裡很簡單啊！」

「可是人家覺得很簡單啊。」花忍冬一臉無辜地說。

隨即就像要證實一般，他從塑膠袋裡抽出一個燈籠，拎著它爬上梯子，在一根略粗的樹枝上綁了一條黃絲帶，再將燈籠繫在絲帶下方。

所有動作一氣呵成，花不到一分鐘。

「你們看，很簡單對吧？」花忍冬輕巧地從梯子上一躍而下，笑咪咪地說道。

歐陽明乾笑兩聲，一邊往嘴裡塞著巧克力，一邊逃避現實地想著如果跟花忍冬說他有懼高症，不知道能不能逃過一劫？

葉心恬的右手張開又握緊，顯然很想用力擰住花忍冬的臉頰，不過良好的教養讓她最後還是沒做出這個舉動。

她跺了跺腳，眼角不滿地揚高，「不要拿我們跟你比！」

雖然花忍冬看起來秀秀氣氣的，但葉心恬知道，這個膚色白淨的少年有著與外表不相符的怪力。

沒錯，怪力！

搬入宿舍的第一天，花忍冬就失手將舍監的房門拆了下來；更別說之前到葉心恬家作客時，因爲遇上一連串詭異事件，花忍冬爲了自保，竟然將一座奢華的客廳毀得亂七八糟。

雖然葉心恬也想幫忙準備祭典，但在看見那些三層樓高的槐樹之後，她對於自己能不能順利爬上梯子都不抱任何信心了，更別說還要站在梯子上放開兩隻手，將燈籠綁在樹枝上。光是想像，她就覺得兩腳發軟。

瞧著一臉惱怒的葉心恬，以及表情放空的歐陽明，林綾笑了笑，柔聲開口：「小葉，沒關係的。梯子有兩架，我們分成兩組吧。歐陽跟花花一組，我跟妳一組。我負責爬上去掛燈籠，妳幫我扶著梯子。」

「咦？」發出這聲驚呼的是花忍冬，「可是我……」

「可是什麼？」林綾微笑的弧度不變，「花花，你應該不是想要將小葉跟歐陽分到同一組吧？」

「哎，怎麼會呢？」花忍冬連忙擺出最無辜、最真誠的表情。

就算他有多想跟林綾同一組，但是在當事者的微笑攻勢下，也只能在心底流著淚，哀嘆計畫失敗。

「總之呢，咱們只要將那些綁著黃布條的槐樹都掛上燈籠，就大功告成了。這可是村子裡最重要的工作。」

「只是掛個燈籠而已，為什麼是最重要的工作？」葉心恬一臉匪夷所思。

「老師，我也不懂。」歐陽明舉起胖胖的手臂，宛如一個認真發問的好學生——撇除他嘴裡還塞著零食不論的話。

花忍冬彎起了細細的狐狸眼，笑容可掬地說道：「因爲啊，這個祭典就叫作懸槐祭。」

懸槐祭，這是代神村爲了向守護村子的山神表達謝意，在每一年的八月都會舉辦的盛大祭典。廣場上會搭起篝火與舞台，篝火須燃上三天三夜不可熄；而村中少女們亦會盛裝打扮，在舞台上表演酬神舞。

這個祭典的最大特色，就是在通往山神所在的小路上，路旁種植的槐樹都會掛上紅燈籠。太陽一落下，從村子望向槐山，就可以看到由燈火組成的神明小道。

花了一個下午的時間，花忍冬一行人才將所有燈籠都掛上槐樹。此刻他們站在小徑的盡頭，從眼前延展出去的是一塊略顯平坦的空地，柔軟的綠草鋪滿地面，一棵棵槐樹則是呈圓環狀地將這塊地包圍起來。而在空地中央，是一棵比其他樹木高大不知多少倍的古老槐樹。

看到那棵槐樹時，花忍冬眼裡露出了又敬又畏的神色。他虔誠地站到樹前，雙手合十地低下頭，拜了幾拜。

「花花？」歐陽明瞧著那棵不知活了多少年的槐樹，訝異好友的舉動。

「這是咱們代神村的守護神。」花忍冬抬起頭來，臉上滿是崇敬。

「一棵槐樹？」葉心恬訝異地眨眨眼。

林綾試圖看清楚這棵槐樹究竟有多高，不過她的脖子都仰到發痠了，還是難以看清楚，層層疊疊的濃密枝葉阻礙了她的視線。

「花花，我可以問一下嗎？」林綾收回視線，改而看向花忍冬，輕緩地問道：「為什麼代神村會以槐樹作為守護神？我記得……槐樹偏陰。」

槐樹，木鬼合為一字，以木之身困人之魂。據傳將屍體埋在槐樹下，會使靈魂無法解脫，只能不斷地徘徊在周邊無法離去。

「嗯……人家聽長輩說，這棵槐樹在代神村還沒建立起來時就已經存在。在長久的歲月裡，它不斷吸收山上的靈氣，從原本毫無意識的槐樹成精化神。」

「原來如此。」林綾推了下眼鏡，忍不住多看了那棵巨大的槐樹幾眼。不知道為什麼，她心底總有一種不諧調感。

「成精化神？」葉心恬發出一聲驚奇的低呼，「花花你有見過嗎？那個守護神。」

「人家怎麼可能見過，那可是神明大人啊，不會輕易在凡人面前出現的。」花忍冬失笑。

「唔，真想看上一眼。」葉心恬輕聲嘟囔，好奇地朝槐樹後頭走去。

花忍冬不以為意，繼續和林綾講解代神村與守護神的歷史，而歐陽明則是一臉懵懂地聽著，邊聽還邊往嘴裡塞進一支棒棒糖。

下一秒，葉心恬透出喜悅的嗓音從樹後傳來。

「林綾妳過來看，這裡有好漂亮的花喔！」

被呼喊的長辮子少女微笑著來到樹後，花忍冬與歐陽明也好奇地跟著湊過去。

就在古老槐樹的後方，長著一叢濃綠的灌木。葉子呈橢圓形，帶著細鋸齒狀；灌木上綻開一朵紅艷艷的花，柔軟的花瓣層層相疊，數量竟有數十片以上。

那是一朵碗大的艷麗山茶花，在濃綠的葉片襯托下，更顯妖嬈。

「花花，我可以把它摘下來嗎？」葉心恬掩不住眼底的興奮，手指甚至忍不住輕撫上紅色的花瓣。

但是花忍冬卻露出了爲難的表情，「不行啊，小葉。村子規定，神明大人周邊的植物是不能碰的。」

「這樣啊……」葉心恬依依不捨地收回手，「難得看到那麼漂亮的山茶花。」

「聽說山茶花的花瓣可以炸來吃耶。」歐陽明看著那朵碩大的花，忍不住嚥了嚥口水。

那副垂涎欲滴的模樣看得花忍冬心驚膽跳，立即伸手戳了戳歐陽明的胸口，「歐陽，人家警告你，如果這朵花少了一片花瓣，人家可是會把你吊在樹上當燈籠喔！」

「不好吧，花花。」歐陽明乾笑著後退一步，完全不懷疑花忍冬絕對做得到這件事。那個怪力啊，就算把他拋上天空應該也是有可能吧？

爲自己的想像力打了一個寒戰，歐陽明連忙再三保證絕對不會對那朵山茶花下手。

趁著三人你一言、我一語的時候，站在灌木叢邊的林綾微微側了下身，藉由角度的掩護，飛快扯下一片艷紅花瓣。

那株四尺高的茶花叢似乎瞬間輕顫了一下，但林綾再看第二眼時，卻沒有察覺到絲毫異狀。她若有所思地抿了下唇，將花瓣收進口袋。

「花花，接下來還有什麼要幫忙的嗎？」林綾微笑地轉向花忍冬，長長的睫毛在眼下投映出蝴蝶翩飛般的影子，粉紅色的嘴唇讓人想到了櫻花。

那不經意流露出的美麗讓花忍冬看傻了眼，白淨秀氣的臉孔頓時爬上淡淡的紅暈，手指扭捏地絞在一起。

「林綾，人家知道有一個地方可以看夕陽喔，咱們一起去吧？」

「所以是暫時不需要幫忙的意思嗎？」林綾彎起似水的眼眸，如同倒掛夜空的弦月，「那我們就回去吧。」

「好，咱們回家。」花忍冬碰了個軟釘子也不在意，喜孜孜附和著。反正今天不成，還有明天嘛。

葉心恬雙手環胸，審視的目光在花忍冬身上打量，最末搖搖頭，發出一聲刻意的嘆息。

「什麼、什麼？」聽到嘆息聲的歐陽明連忙抬起頭，但是左看右看都看不出一個所以然來，憨厚的圓臉上滿是困惑，「我錯過什麼了嗎？」

第二章

花忍冬家是一棟兩層樓的古樸建築物，屋頂由可樂瓦鋪蓋，牆壁則是由側柏建成，散發出一股歷史悠久的味道。院子裡還有一口已經乾涸的古井，這同時也是村裡僅存的井了，其他處都已被填平。

除此之外，這棟位在村中一隅的建築物後方還種了一片楊樹，只要風一拂過，就會發出陣陣的沙沙聲。

聽花忍冬說，這是他姊姊十三年前種下的。

讓人在意的是，花忍冬與他的姊姊並不同姓，他們一個姓花、一個姓宮。

「因爲芊凝姊希望維持原來的姓氏嘛。」花忍冬笑盈盈地回答，簡單說明他的出身。

花忍冬與他的姊姊其實毫無血緣關係。他的親生母親生下他之後，便因爲身體虛弱而撒手人寰。一段時間後，他的父親便在長輩安排下，認識了第二任妻子，楊紓。

楊紓的丈夫也很早就逝世了，身邊還帶著一個女兒。不過，花忍冬的父親對此毫不在意，兩人交往沒多久就步入禮堂，而花忍冬也就多了一個名義上的姊姊。

花忍冬五歲的時候，父親因病過世，由楊紓一人挑起兩個孩子的教養責任。雖然楊紓是花忍冬的繼母，但她對花忍冬卻視如己出，甚至比疼女兒還要疼愛他，這也間接導致了兩姊弟的感情反而不甚熱絡，總是客客氣氣的。

院子大門口，坐在輪椅上迎接他們的正是花忍冬的姊姊宮芊凝。那是個相貌脫俗出塵的少女，晶瑩剔透的肌膚、及腰的長髮，眉眼間像帶著淡淡的憂鬱，給人不食人間煙火之感。

「歡迎回來，忍冬。」宮芊凝彎起淡色嘴唇，手指撥動著手推輪，輕緩推著輪椅前進。

「芊凝姊，妳不用特地出來的啦。」花忍冬自然而然地接手了推輪椅的工作。

「燈籠掛得還順利嗎？」宮芊凝和顏悅色地問道。

「全部掛完了呢。」葉心恬揚起了小巧的下巴，得意洋洋地說。

歐陽明則是笑容憨厚地問，「芊凝姊，妳要吃巧克力嗎？」

宮芊凝搖搖頭，視線稍微在林綾身上停了一會，隨即又仰頭看向花忍冬。

「推我進去吧。你另外幾位同學都已經回來了。」

「左易他們的動作還眞快，不愧是怪物等級的體力跟速度，祭典有他們幫忙實在太好了。」花忍冬發自肺腑地讚歎。

「一身怪力的傢伙竟然說別人是怪物耶。」葉心恬和林綾咬著耳朵，頗不以爲然。

「因爲花花一直覺得跟左容、左易相比，他是正常人嘛。」歐陽明笑呵呵地插話。他就走在林綾她們身後，自然聽見了葉心恬的這句話。

「根本是三個怪物吧。」容姿明媚的女孩忍不住嘟噥。

由於宮芊凝行動不便，家裡特地改建成無障礙空間，門檻被拿掉了，電源開關的位置降低，桌子留有輪椅專用的位置，家具的間隔也都隔得極寬，方便輪椅通過迴轉。

花忍冬一走進屋裡，就看見左容、左易各踞在一張沙發上，但是沒看到夏春秋與夏蘿的身影。

「小夏呢？」花忍冬訝異地問。

「小不點中暑了。」左易看著手機，頭也不抬地回道。

「春秋在樓上照顧小蘿。」左容將視線從書裡挪開，神色淡淡地解釋。

「你們確定沒說相反嗎？」葉心恬越聽越糊塗，畢竟在他們之中，夏春秋才是常常中暑的那個。

「妳是聾了嗎？」左易嘲諷地瞥了她一眼。

葉心恬氣結，但又不想在這邊跟左易吵起來，乾脆一把抓住林綾的手，故意揚高音量，「林綾，走，我們去樓上看小蘿。」

「還有我，我也一起去。」歐陽明連聲附和，尾隨在兩名女孩身後上了樓。

花忍冬撓撓臉頰，看了看神情恬淡的姊姊，又看向一言不發的左家雙子，猶豫著是該留下來，抑或上樓探望一下夏蘿的狀況——雖說從左易的態度就可以猜測出夏蘿的中暑症狀應該不嚴重，否則那名桀驁不馴的紅髮少年就不會待在一樓了。

「忍冬，你如果在意的話，就先上樓看看那位小朋友吧。」宮芊凝輕拍了拍花忍冬放在輪椅椅背上的手，柔聲說著，「我在樓下跟左易他們聊天就好。」

左易這次連一個眼神都欠奉了，一張俊臉明明白白寫著「生人勿近」四個字，顯然不覺得他與宮芊凝有什麼好聊的。

花忍冬暗暗朝左易打眼色，又雙手合十地拜了拜，懇求他這位同學嘴巴可以收斂一點，不要吐出什麼刻薄話。

出乎意料地，開口的人卻是左容。

「放心吧，花花。」

這句話不啻於一顆定心丸，花忍冬頓時如釋重負，安心地拋下一句「那人家就先上樓囉」，三步併作兩步地跑上二樓。

聽著輕快的奔跑聲漸去漸遠，宮芊凝眼裡閃過一抹羨慕，但很快地又重整好情緒，對著左家雙子露出一抹優雅得體的微笑。

「忍冬在學校還好嗎？應該沒有弄壞什麼東西吧？」

「舍監房間的門。」左容聲音沒有太大起伏，就好像在說「今天天氣很好」一樣。

「呃……」原本只是想用這句話當作開場白的宮芊凝，沒料到會獲得這麼有畫面感的回答，臉上的微笑不由得僵了下。

「那傢伙還砸了別人家的客廳。」左易不冷不熱地又補上一句，他的目光自始至終都放在手機螢幕上。

「實在很不好意思，忍冬那孩子給你們添了那麼多麻煩。」

「跟我無關。」左易漠不關心地說。他的本意也的確是花忍冬做的這些事與他沒有半點牽扯，只是語氣總是張揚又傲慢，落在別人耳裡，聽起來就像是在奚落人似的。

「那是他個人的行為。」左容的想法與左易差不多，沒有對她或是她在乎的人造成麻煩，自然就不是一件需要放在心上的事了。

左容、左易看似不好相處——當然，若是讓葉心恬來說，她一定會扠著腰嚷嚷「左易真的就是不好相處嘛，個性爛透了」——但是只要熟知他們的個性，就會知道這兩人並非完全不搭理人，你若問，他們感興趣就會回答。

但是宮芊凝並不了解左家雙子，在左易、左容各回一句就安靜下來後，她只覺得這兩人是刻意在她與他們之間劃下界線。

她既然已經主動開啟話題，就不該換來這麼冷淡的回應。在代神村裡，誰不是依著她？

宮芊凝的指甲微微陷入掌心裡，但臉上依舊掛著淺笑，彷彿什麼事都沒有發生，轉而問起另一件事。

「左容和左易會參加四天後的祭典晚會嗎?」

「會。」左容言簡意賅地說。

「嗯。」左易漫不經心地應了聲,想到夏蘿提起祭典時,那雙黑亮的眸子像被點滿了星光,不禁愉快地揚起嘴角。

但很快地,這抹弧度又被拉平了。左易可沒有忘記他與左容忙完舞台搭建的事,與夏家兄妹會合之後,會看見一個蔫蔫的小不點。

他本以爲是夏蘿又遇到了什麼不乾淨的東西,再三確認後,才發現對方是眞的中暑了。

沒道理夏春秋那小矮子來到代神村變得活蹦亂跳的,反而是夏蘿這個小不點被大太陽一曬就昏頭,要中暑也該是夏春秋才對……

雖然左易唇邊的笑意稍縱即逝,但這抹罕見的弧度落在宮芊凝眼裡,讓她的雙頰頓時燙了起來,心跳也有瞬間失了規律,變得又快又急。

「那麼,我可以拜託左易一件事嗎?」宮芊凝將聲音放得極爲柔軟,就像是蜜一般甘甜。脫俗清麗的相貌在染上淡淡紅暈後,頓時褪去了原本不食人間煙火的氣息。

左易僅是挑高眉毛,不發一言地等待下文。

「我希望左易能帶我去參加晚會。」宮芊凝試著讓自己表現得落落大方,但一絲羞澀還是不經意透了出來,「有你跟在身邊,我媽媽和忍冬也可以放心,不然他們……」

「我那天已經跟小不點約好了。」左易不客氣地打斷她的話。

「這樣啊。」宮芊凝的微笑僵了下，沒料到自己被拒絕的原因竟是一名小女孩。她抬眼看向左容，希望對方能說些什麼，讓左易改變心意。

左容開口了，卻不是宮芊凝想要的答案。

「芊凝姊，可以請問一下嗎？忍冬爲什麼會有怪力？」

這個問題一出口，不只宮芊凝愣了一下，就連左易也訝異地挑高眉。他倒是沒想過花忍冬那身怪力從何而來。

客廳裡安安靜靜的，一會兒過後，宮芊凝又重拾起淡雅的笑容，向左容說道：「抱歉，這件事我不太清楚呢。」

當客廳裡響起左容的詢問時，待在廚房準備晚餐的楊紓繃緊肩膀，一顆心頓時懸到了喉嚨口，就連握在手裡的菜刀也頓了一頓，險些切到自己的手。

楊紓就這樣屏著呼吸，深怕女兒會不小心透露出什麼。直到她聽見女兒避重就輕地推開話題，心裡的大石頭才總算放下。

看著映在玻璃窗上的緊張表情，楊紓忍不住暗嘆自己容易大驚小怪的個性。

雖然已年近五十歲，但楊紓因爲保養得宜，常常讓人誤會她只有三十出頭。與宮芊凝站在一塊的時候，總是被村民笑稱兩人不像母女，反倒像是姊妹。

就連夏春秋等人第一天到來，在得知楊紓是花忍冬的母親時，也不由得愣怔了下。

那個時候，葉心恬甚至還瞪圓了美眸，不敢置信地低呼：「花花，那眞的不是你姊姊嗎？好年輕喔！」

聽到葉心恬這麼直白的稱讚，楊紓對於她的印象自然是極好的，畢竟誰不喜歡被人誇獎年輕漂亮呢？至於個性靦腆的夏春秋、憨厚愛笑的歐陽明、婉約似水的林綾、個性一板一眼的夏蘿，也讓她極爲喜歡。

而左容、左易……不得不說，楊紓第一眼看到這兩人時，心底浮現的想法是「如果其中一人願意留在村裡陪伴芊凝就好了」。

身爲母親，楊紓對於行動不便的女兒抱有極大的私心，無比希望可以替女兒找到一位優秀的伴侶。

但在知曉左容的性別其實是女孩子後，她的重心就放在左易身上了。只是透過這兩天的觀察，她又對一開始的想法毫無信心了。

「唉……」楊紓嘆著氣，將飄離的思緒抓回來。現在不是在意左易對於芊凝到底有什麼看法的時候，而是要提防左容對於忍冬一身怪力的打探。

雖然她也不清楚忍冬爲什麼會突然擁有古怪的力量，但楊紓猜測，那必然跟十五年前發生的「那件事」有關。

一開始，說不害怕就太矯情了，但經過那麼多年的相處，楊紓對這個與自己毫無血緣關係的孩子也投入了極大的感情，她早已將花忍冬視如己出。

楊紓又嘆了口氣，注意到客廳裡的談話聲已經停止。她一邊慶幸這個話題無疾而終，一邊將刀子對準砧板上的青椒，眼角餘光卻不經意地瞄到有人正在院子大門處張望。

楊紓瞇起眼睛，仔細地看了看，才發現那是派出所的康所長。

「眞是奇怪。」楊紓放下菜刀，濕漉漉的手隨意往圍裙上抹了抹，從廚房後門走出去。

正東張西望的康所長很快就看到楊紓，他撓撓頭髮，露出苦笑，在楊紓走到近前時，將一張單子遞出去。

「這是？」楊紓大略看過紙上的內容，眉頭不禁皺起。

那是一張協尋失蹤兒童的單子。

「有遊客的小孩失蹤了。」康所長的神情有著說不出的苦惱，「本來不想破壞祭典的氣氛，所以只讓所裡員警幫忙尋找。不過在搜了一天都毫無下文之後，只能拜託村民們一塊幫忙了。」

楊紓的眉頭依舊皺得緊緊的，她四處張望了下，確定周遭只有她與康所長之後，壓低聲音問道，「這是第幾起了？」

「從去年到現在，已經有三個小孩失蹤了。」康所長的音量也跟著放輕，就像是交換著不爲人知的祕密。

「眞可怕……」楊紓低喃。如果這幾起兒童失蹤案件外傳出去，進而被媒體渲染，那麼代神村絕對不再平靜。

康所長又耙了耙頭髮，露出欲言又止的神情。楊紓遞去一記狐疑的眼神。

「你想到什麼了嗎？」

「我在想……該不會是神隱吧？」康所長幾乎把聲音壓成了氣音，不仔細聽，還以爲是風颳過耳邊的輕響。

「別胡說八道！」楊紓猛地捏緊手中的單子，眼神尖銳地瞪著康所長，「神明大人才不會做出這種事！」

「可是十五年前……」康所長張口想說些什麼，但楊紓的神情太可怕，讓他瞬間畏縮地吞回句子。

「康所長，那件事情絕對不許讓忍冬知道。」楊紓語氣嚴厲地說，姿態就像是母雞爲了捍衛小雞而撲騰著翅膀，張牙舞爪。

「我不會說的，其他村民們也會保密。」康所長抬眼望向楊紓身後的屋子。他知道，十五年前的事件關係人物就待在裡頭。

得到康所長再三保證之後，楊紓才鬆開緊皺的眉心，勉強擠出一抹笑，「抱歉啊，所長，我剛剛太激動了。」

「沒關係的。」康所長不在意地說，重新塞了張完整的尋人啓事單給楊紓——方才的單子已經被楊紓揉得縐巴巴的，「如果有發現這個孩子的話，記得立刻通知派出所。」

「嗯，我知道了。」楊紓看了眼單子上的相片。及背的黑髮、紅潤的蘋果臉，還有一雙靈動的大眼睛，那是一名非常可愛的小女孩。

「她的家人……」

「是單親家庭。母親現在住在阿林開的民宿裡，她的精神狀況讓人有點擔心。」

「唉，希望可以盡快找到這個孩子。」楊紓的眉宇間也染上淡淡的愁緒。身爲母親，失去自己最心愛的孩子是多麼痛苦的事情。

「只能盡力而爲了。」康所長嘆氣，同時注意到二樓的窗戶似乎有誰在看著他們。他於是打住這個話題，朝楊紓點點頭，轉身離開了。

直到康所長的背影消失在院子門口，楊紓才收回視線，準備回到廚房準備晚餐。不經意間，她看到站在二樓窗戶後的身影，不由得露出一抹溫和的微笑。

因爲窗簾被風吹得凌亂飛舞，花忍冬本想要將窗子兩側的窗簾綁起來，沒想到剛好看見母親與康所長在院子裡，不知道在講些什麼。

從兩人的表情來看，似乎是嚴肅的事，但隨即母親就轉身朝他露出了溫暖的笑容，花忍冬又想，也許不是什麼太重要的事吧。

「花花，窗外有什麼好看的嗎？」歐陽明納悶的聲音從後頭傳來。

「沒什麼。」花忍冬笑咪咪回了一句，俐落地束起窗簾。

二樓客房的地板上鋪著榻榻米，在清新的藺草香之中又混雜了一絲藥油的味道。夏蘿坐在其中一塊榻榻米上，白嫩的右肩上有一道紅痕。

據夏春秋所說，他們原本是要到槐山找花忍冬幾人的，但沒想到才剛走到山腳下，夏蘿便感到輕微頭疼、身子發熱，還有一些反胃感。

這些症狀夏春秋很熟悉，他只要天氣一熱，或是室內外溫差太大，就會出現類似狀況。推測妹妹可能是中暑了，夏春秋立即打消上山的念頭，急急忙忙帶著夏蘿回到花家。而比夏春秋他們晚一些回來的左家雙子，在知悉夏蘿中暑後，第一時間就趕到二樓客房探看。

原本夏春秋是想要替夏蘿刮個痧的，只是左易尖銳的目光讓他如坐針氈，手裡拿著的刮痧板遲遲落不下去。最後還是左容一把扯過左易的後衣領將他拎出客房——這也是為什麼花忍冬等人回來時，會看到左容、左易坐在客廳。

只是下樓的雙子並不知道，夏春秋到此時還是沒有順利地替夏蘿刮完痧。

「小夏，你已經抓著刮痧板五分鐘了耶。」葉心恬沒好氣地看著手拿刮痧板、坐在夏蘿身邊的夏春秋。

「可是……我、我怕小蘿會痛。」夏春秋看著妹妹右肩上的紅痕，才輕刮了一下就出現痕跡，只要一想到待會那小小身子上會出現更多青青紫紫，他就下不了手。

「不然，讓人家來吧？」花忍冬朝夏春秋伸出手。

「咿——不、不行啦！」夏春秋忙不迭將握著刮痧板的那隻手藏到背後去，提防又警戒的模樣讓林綾忍不住輕笑出聲。

葉心恬跟歐陽明看了看皺起小眉頭的夏蘿，再看向一臉正色的花忍冬，兩人背後瞬間爬滿了冷汗。

別開玩笑了！花花那可怕的怪力，小蘿怎麼可能承受得了？

「不行、不行！」歐陽明連零食都顧不上吃了，一把捉住花忍冬的右手。

「沒錯，花花，你想動小蘿的話，先過本小姐這關。」葉心恬也不落人後地抓住花忍冬的左手。

「太過分了吧，你們。」花忍冬神情哀怨地嚷了一聲。一個、兩個跟防賊似的，他的力氣真的不大啊。

「小夏，讓我來吧。」林綾笑著打圓場，「你們兩個還不放開花花。」林綾一發話，夏春秋立即順從地遞出刮痧板，就連葉心恬與歐陽明也毫不猶豫地鬆開了花忍冬的雙手。

明顯的差別待遇卻沒有讓花忍冬發出半點抗議，反而一臉「林綾做什麼都是對的」的著迷神色。

「花花的腦袋裡根本都是粉紅色泡泡吧。」葉心恬瞄了瞄花忍冬，嫌棄地嘀咕一聲。

明明現在是夏天，但是花忍冬身邊卻飄著春天氣息，注意力自始至終都放在林綾那抹優雅的微笑上頭，他自然也就沒聽清楚葉心恬說了什麼。

直到衣領突然被抓住，花忍冬才回過神來，卻猛然發現長辮子少女正對著他露出了有些傷腦筋的表情。

「花花，同樣的話我不想重複第二次喔。」

「咦？什麼？」花忍冬愣了一下，下意識轉過頭想看看是誰抓著自己的衣領，結果對上了笑得憨厚的歐陽明。

「花花，林綾說她要幫小蘿刮痧，小夏以外的男性都不許留在房間裡。」

換句話說，花忍冬、歐陽明已經被間接下了逐客令。

「可是、可是，人家也想留下來啊！」就算被歐陽明拉著往外走，花忍冬仍然不死心地表示出強烈意願。

「不行啊，花花。」夏春秋以有些為難但堅定不移的語氣說道，「小蘿的身體是不可以隨便讓其他男生看見的。」

「慢走，不送喔。」葉心恬愉快地對花忍冬揮揮手。

被強制拉出房間，花忍冬就這樣維持著被歐陽明扯著走的姿勢，雙手環胸地認真思考。

「哎，雖然知道小夏很疼小蘿，但沒想到妹控程度那麼高啊。」

「什麼？」歐陽明雖然聽到花忍冬在嘟嘟囔囔，內容卻聽不眞切，忍不住轉頭問了一句，順道還不忘把手鬆開。

「沒什麼。」花忍冬擺擺手。雖然有點哀怨沒辦法跟林綾共處一室，不過看到夏春秋難得對自己擺出了強硬的態度，花忍冬就像是覺得有趣般笑了出來。

看著兀自發笑的同學，歐陽明不明所以地聳聳肩，從口袋裡摸出巧克力，靈活地剝掉包裝紙。

「歐陽，你再吃下去眞的會得高血壓跟糖尿病啊。」花忍冬迅雷不及掩耳地奪過巧克力，將它扔進嘴裡，隨後還舔了舔手指。

「我、我血糖低，不吃東西很容易昏倒的。」歐陽明心虛地辯駁。

「放心、放心，你昏倒的話，人家可以把你扛回去。」花忍冬對他眨了下眼。

歐陽明忍不住想像一下自己被花忍冬當成沙袋扛的畫面，不禁起了一身雞皮疙瘩，這畫面寫實到讓人害怕啊。

兩人一邊閒聊一邊走下樓，當他們來到一樓時，卻發現客廳裡充斥著一股微妙的氣氛。

花忍冬反射性就往左易看去，不過那名紅髮少年依舊維持著他上樓前看到的姿勢，神態慵懶地玩著手機，不像是發過飆的樣子。

於是他改看向左容，綁著長馬尾的少女朝他遞去一個眼神：無話可聊。

眞是直接的反應。花忍冬默默在心底嘆了口氣，悄悄往宮芊凝的方向看過去，注意到她眉間的憂鬱之色似乎更重了，一副若有所思的樣子。

身爲這個家的主人之一，就算現場氣氛死寂到彷彿葬禮，花忍冬還是面帶笑容地開口了。

「左容、左易，人家跟歐陽要去外面晃一下，要不要一塊來？」

「我什麼時候……」歐陽明話還沒說完，就被花忍冬不著痕跡地用後肘撞了一下肚子，他立即乖乖閉上嘴。

「一起來吧？」花忍冬笑盈盈地再問了一次，一雙彎彎的狐狸眼很是堅持。

左容闔上書，無聲地用眼神示意另一旁的左易。

「麻煩死了。」左易不耐煩地咂了下舌，但還是把手機收起來。

「芊凝姊，咱們會在晚飯前回來的。」花忍冬和宮芊凝招呼一聲，就扯著歐陽明，領著左容、左易離開寬敞的客廳，朝後院走去。

確定這個距離不會讓客廳裡的宮芊凝聽到談話內容，花忍冬才鬆開拽著歐陽明衣領的手，一轉身對上左家雙子時，臉上的笑容頓時垮了下來，眉眼間很是苦惱。

「那個啊……左容、左易，人家可以拜託你們一件事嗎？」

「花忍冬，我已經很給你面子了。」左易雙手插在口袋，眼角不馴地吊起。

「所以人家超驚訝的。」花忍冬深有同感地點點頭。

左易這兩天不只表現得極爲安分，甚至還幫忙村子搭建舞台，他都忍不住要懷疑是奇蹟降臨了——雖然這個奇蹟應該是建立在夏蘿一句「好想參加祭典」上面。

「你想拜託什麼事？」左容開門見山地問。

「人家希望你們對芊凝姊不要太冷淡……」花忍冬說到一半也覺得自己有些強人所難，又補充了句，「至少不要到視而不見的地步，拜託了！」

他與芊凝姊的感情與其說像家人，不如說更接近相敬如賓的關係，但若是芊凝姊不開心，母親的心情也會受到影響的。

「忍冬，你該知道我和左易的個性。」左容淡淡說了一句，「我只能說，我們盡量。」

「太好了，有妳這句話就夠了。」花忍冬笑瞇了眼，放下心中大石後便直接改變話題，「對了，四天後的懸槐祭你們都會參加吧？」

「有好吃的嗎？」歐陽明睜大一雙瞇瞇眼，精神都來了。

「你就不能對食物以外的東西感興趣嗎？」花忍冬沒好氣地捏了他一把，對於小胖子的貪吃程度無可奈何，「像是祭典啊、跳舞啊，還有告白之類的。」

花忍冬一邊說，一邊眼帶曖昧地看向左容。

神色淡漠的少女只是微微挑高了眉，像是在反問對方的視線是何意思。

「這可是流傳在代神村的傳說呢。相傳只要在祭典晚上的篝火大會向喜歡的人告白並且送出禮物，這段戀情就會受到神明大人的祝福。」

左容平穩的表情似乎有些鬆動，花忍冬乘勝追擊，「我聽歐陽說了喔，左容妳在紫晶村買了一條項鍊要送給小夏？」

「咦？又扯到我？」

歐陽明愣愣地指著自己，不過左容的注意力並沒有移向他，反而專注地看著花忍冬，靜待下文。

就連雙手環胸、看似漫不經心的左易也轉過頭來，像是被這個話題挑起了興趣。

「在神聖的祭典上將禮物送給喜歡的人，不覺得是一件很浪漫的事嗎？」花忍冬掩嘴輕笑，那雙狐狸眼同時還特意瞥向左易，「對了、對了，聽說小蘿滿喜歡咱們村子出產的手工香包耶。左易，你覺得人家要不要去買一個送給她呢？」

「要你多事。」左易冷哼一聲，掉頭就走。

左容倒是沒有急著離開，而是以慎重的態度向花忍冬詢問起懸槐祭晚會的細節。

因爲兩人談論的話題太過正經，歐陽明覺得有些無聊，從口袋裡拿出一包小熊軟糖，一邊往嘴裡丟，一邊打量被楊樹枝葉所包覆的後院。

一棵棵楊樹高大挺拔，森綠的葉子偶爾會因涼風拂過而輕輕晃動幾下。

歐陽明嚼著嘴裡的軟糖，視線隨意移動，但下一瞬，他突然困惑地眨眨眼，接著努力瞪大原本就細小的眼睛，像是想要看清楚什麼。

就在剛剛，他似乎看見一抹黑影從樹葉間竄過去？

「唔，也許是錯覺吧。」歐陽明撓撓頭髮，瞥了眼仍舊熱烈討論懸槐祭的左容與花忍冬，又往嘴裡丟了一顆軟糖。

第三章

燙熱的陽光從窗口斜斜射了進來，一部分落在榻榻米上，一部分則是印在夏蘿蒼白的臉頰上。

黑翹的睫毛輕輕掀了掀，夏蘿迷迷糊糊地揉著眼睛坐起身，小腦袋轉了一下，就看見夏春秋睡在她身邊，單薄的胸膛微微起伏，發出均勻的呼吸聲。

「哥哥踢被子。」夏蘿盯著睡到肚子都露出來的夏春秋，替他重新蓋上被子，又悄悄調過他的手機鬧鐘設定，這才滿意地點點頭，輕手輕腳地離開客房。

夏蘿記得，昨天原本是要去槐山找林綾姊姊跟小葉姊姊的，可是才來到山腳，她就覺得身體突然不舒服，不僅頭有些痛痛的，甚至還有想吐的感覺。

一想到因爲自己不舒服，讓哥哥照顧她整個晚上，夏蘿就感到過意不去。這也是爲什麼她不主動叫醒夏春秋，她希望讓兄長再多睡一些。

當夏蘿來到一樓時，客廳裡只坐著一道纖細的身影，及腰的長髮柔軟垂落，黑亮的光澤不禁讓人想到了高級絲綢。

「早安，小蘿。」注意到站在樓梯上的嬌小身影，宮芊凝神色溫和地打了一聲招呼。

「早安。」夏蘿禮貌地回應，一雙黑幽幽的大眼睛看了客廳一圈，並沒有發現其他人。

「忍冬他們去廣場幫忙了。」像是知道夏蘿在想些什麼，宮芊凝主動開口，朝她招了招手，「過來我這邊吧，這樣比較好講話。」

夏蘿點點頭，安靜地往對方走去。

「小蘿的身體有好一點了嗎？」宮芊凝將輪椅轉了過來，讓自己正對著夏蘿。她先是溫柔地揉揉夏蘿的頭髮，接著手指往下，輕輕摩挲起那張柔嫩的小臉蛋。

突然被這麼親暱地對待，夏蘿顯然有些不習慣，肩膀反射性繃緊，下意識想把臉別開。

宮芊凝注意到她的小動作，但指尖依舊停在夏蘿的臉頰，微笑問道：「這次的祭典，小蘿會參加嗎？」

「會。」夏蘿軟軟說道，「小易說要帶夏蘿去。」

「這樣啊……那我可以拜託小蘿一件事嗎？」宮芊凝的眉眼沾著淡雅笑意，手指下滑，落至夏蘿尖細的下巴，食指與中指將其輕輕捏住，「那一天晚上，可以將左易借給我嗎？」

「小易就是小易，不是夏蘿的東西。夏蘿不懂，爲什麼要用借這個字。」夏蘿這次直接掙開了宮芊凝的手，但是看向她的視線筆直，沒有迴避。

「眞是個認眞的好孩子。」宮芊凝彷彿被逗笑一般，嘴唇彎了起來，「……不過認眞到讓人受不了呢。」

這句話輕如微風拂過，夏蘿聽不眞切，她困惑地歪了下小腦袋，圓黑的眸子瞅著宮芊凝不放。

「不行哪，小蘿。沒人教過妳，一直盯著別人看是件很不禮貌的事嗎？」宮芊凝說話的語氣還是那麼溫柔，然而字裡行間卻一點也沒有這種感覺。

「說話的時候要看著別人的眼睛，這是爸爸告訴夏蘿的。」

「可是我不喜歡小蘿一直盯著我看，這樣會讓我覺得小蘿好像在嘲笑我只能坐在輪椅上，不方便行動。」

「夏蘿並沒有這樣想。」黑髮白膚的小女孩認眞解釋。

「嘴巴上說說，當然很簡單啊。」宮芊凝一邊轉動手推輪，一邊將輪椅緩緩駛向院子。

雖然那張清麗的臉蛋自始至終都帶著笑，但是夏蘿卻能感受到對方的不友善。她抿著嘴，覺得這場對話不應該就這樣中斷。

在夏蘿單純的心思裡，花忍冬是兄長重要的朋友，她不希望因爲自己的關係，導致花忍冬的姊姊對兄長也留下不好的印象。

看著已經移動到前院的輪椅，夏蘿連忙小跑著追過去。

聽到腳步聲的宮芊凝沒有回頭，嘴角雖然噙著笑，但眼底卻帶著一絲厭煩。

她不喜歡夏蘿，不單只是爲了左易因爲這個小女孩拒絕自己，還有一種說不清、道不明的情緒。就像有一團微小火焰在心裡悶燒，每當她看到夏蘿時，那火苗又會竄上一些。

夏蘿跑到輪椅前方，張口想要說些什麼，但院子大門處卻突然傳來一陣喧鬧聲。

她順著聲音轉過頭，看見四顆腦袋從門邊探進來。那是四個與她年紀差不多大的孩子，他們先是歡快地朝宮芊凝打了聲招呼，接著又好奇地打量起夏蘿。

「芊凝姊姊，她就是忍冬哥哥帶回來的朋友嗎？看起來跟我們一樣小耶。」戴著眼鏡的男孩疑惑地開口。

「是朋友的妹妹。」宮芊凝柔聲糾正，「你們可以叫她小蘿。」

「原來妳叫小蘿啊。」看起來像是在小孩子之中位居領導地位的平頭小男孩擺出老氣橫秋的模樣，「我們等下要去槐山玩，妳如果想要加入也可以。」

「來嘛來嘛，我們去玩尋寶遊戲。」綁著包包頭的小女孩笑嘻嘻地跑進院子裡，主動抓起夏蘿的手。

「一、一起玩……」紮著兩條麻花辮的小女生細聲細氣地開口。

夏蘿有些不知所措，她想拒絕，然而宮芊凝卻突然湊到她耳邊，以訴說祕密般的音量對她說。

「不可以不合群喔，小蘿。妳想要因為妳的任性，讓村人們對妳哥哥留下管教不當的壞印象嗎？」

夏蘿呆了下，也就是這一個愣住的空隙，包包頭小女生已興高采烈地將她扯向大門口。

坐在輪椅上的宮芊凝微笑地注視這一切。

夏春秋醒來，發現夏蘿沒有睡在自己身邊時，原本還盤踞在身體裡的睡意頓時被驅得一乾二淨。

顧不得還沒有換下睡衣，他匆匆跑下樓，發現客廳裡空無一人之後，心都慌了，反射性又想衝回客房拿手機，詢問左容等人有沒有看到夏蘿。

但是從廚房裡傳出的笑聲頓住了他的動作。

是小蘿嗎？夏春秋三步併作兩步地跑到廚房，卻發現是楊紓與宮芊凝正坐在桌子前，一邊聊天一邊剝著豆莢。

夏春秋的出現讓兩人談話一頓，接著宮芊凝就像是看到了什麼有趣的畫面，突然掩嘴輕笑出聲。

「午安，小夏。你的頭髮怎麼沒梳好呢？」楊紓也被夏春秋頭髮亂翹的畫面逗笑了，「都翹得亂七八糟了呢。」

「午、午安？現在中午了嗎？」夏春秋吃了一驚，連自己睡得亂翹的頭髮都顧不上，急急忙忙地又問，「阿姨、芊凝姊，請問妳們有看到小蘿嗎？」

「沒呢。芊凝有看到嗎？」楊紓搖搖頭，看向身邊的女兒。

「小蘿跟村子裡的小朋友一塊去玩了喔。」宮芊凝終於止住輕笑，抽空回了一句。

「村子裡的……小朋友？」

夏春秋愣了一下，他原本以爲夏蘿不是跟左易出去，就是跟著林綾她們去四處走走，卻沒想到會得到預想之外的答案。

「小孩子嘛，很容易跟同年齡的朋友玩在一塊。讓小蘿多認識一些新朋友也好，這樣她比較不會無聊。」

或許是看出了夏春秋心中的顧慮，楊紓接過話解釋，隨即又指了指他的頭髮，「小夏，你先去刷牙洗臉吧，頭髮翹成這樣不太好看呢。」

「啊，好的！」夏春秋慌張說了聲「不好意思」，就跟來時一樣匆促地又跑了出去。

廚房裡，楊紓一邊剝著豆莢，一邊和宮芊凝繼續先前的聊天話題。她自然是注意到女兒眉眼間的愉快情緒比往時更盛，但她沒有多想，只認爲女兒是因爲家裡來了年齡與她相仿的客人而感到開心。

一向安靜、被濃綠淺綠交錯覆蓋的槐山，除了昨日迎來四個在槐樹上掛燈籠的年輕孩子外，今日又迎來了一批小客人。

分別是綁著包包頭的小茹、紮著兩條麻花辮的玲玲、戴著眼鏡的小俊、理著平頭的阿信，以及膚色蒼白的夏蘿。

被四個孩子簇擁著來到槐山，夏蘿那張小臉蛋上雖然不見明顯情緒，但兩隻小手卻捏得緊緊的，像是在極力忍耐什麼。

就在她踏上那條通往山上的小徑時，與昨天相同的症狀再次朝她席捲而來。頭好痛，彷彿有誰正拿著槌子敲打一般。

意識到這並不是單純的中暑後，夏蘿卻沒有往回走的打算。

只要一想起宮芊凝的那句話，就算身體再怎麼不舒服，她還是一聲不吭地忍下來。不可以因爲自己的關係，讓村人對哥哥留下不好的印象。

她安靜地跟在四個孩子的後頭，貝殼般的牙齒用力咬在嘴唇上，想要藉由其他疼痛壓住腦袋發脹的不適感。

走在前頭的小茹三不五時會轉過頭來，關切著夏蘿是否落後，偶爾還會開口催促幾聲。

夏蘿原本以爲他們要去的地方是這條小徑的盡頭，但又走了一小段路後，與她年齡相近的四個孩子突然停下腳步。

她正準備開口詢問，一股淡淡的香味卻忽然滑過鼻間。明明是清雅甜美的味道，但只吸進了那麼一口，夏蘿就覺得反胃的感覺迅速從體內攀湧上來，忍不住摀住鼻子。

「小蘿，怎麼了嗎？為什麼要捂起鼻子啊？這樣不就不能呼吸了？」小茹轉過頭，瞧見夏蘿的舉動之後，不禁噗嗤一笑，銀鈴般的聲音引得另外三人回過頭。

「有……奇怪的味道。」夏蘿遲疑地說。

小茹嗅了嗅，卻困惑地搖搖頭，「沒有啊，我沒聞到什麼味道。」瞧著小茹認眞的模樣，夏蘿慢慢鬆開手，小心地吸了一口空氣，方才的香味就像是一陣錯覺。

「我沒騙妳吧。」小茹咧出一個大大的笑容，接著又轉向了阿信，「哪哪，我們換一個地方玩吧，我知道有個地方更適合玩尋寶遊戲喔。」

「妳說那裡啊。」阿信露出一個恍然大悟的表情，他擊了下手掌，拉高嗓音吆喝著其他人，「走走走，我們改去那邊。」

小俊跟玲玲的神情一開始還有些茫然，但在呆滯了一會兒之後，兩人忽地露出笑容。不知爲何，那笑容落在夏蘿眼裡，讓她覺得有些不自然。

負責領頭的阿信重新邁開步伐，不再繼續順著石板鋪成的小路往上走，反倒轉進一旁的森林裡。玲玲和小俊毫不遲疑地跟上去。

夏蘿覺得有些不安，那如同要將人吞噬的深色樹影讓她猶豫地停下腳步。

察覺到夏蘿的躊躇，小茹一把抓住她的手，笑咪咪地說：「沒問題的，這裡就像是我們家的院子一樣熟悉，不會迷路的。」

夏蘿張口想要說些什麼，卻看到原本走在前方的玲玲突然轉過身，朝她們走過來。

「小蘿，妳不可以自己一個人先走掉喔，一定要跟我們玩才行。」玲玲抓住夏蘿的左手，明明先前看起來那般畏縮，此時她的小臉蛋卻寫滿了不容拒絕。

小茹也同樣加大抓握的力道，五根手指就像要陷入夏蘿手腕的皮膚裡。

夏蘿掙扎著想要抽出手，但兩個小女孩說什麼都不放，硬是將她拖進蓊鬱的森林中。

四周都是同樣的綠色，走了一段路後便讓人分不清東南西北了。

夏蘿一路掙扎扭動，想要從小茹與玲玲的箝制中逃脫，但籠罩全身的不適感與腦中的暈眩卻讓她越來越無力反抗。

很快地，小茹與玲玲扯著夏蘿來到林中一塊空地，與阿信、小俊會合。

「好慢喔，我都等到快睡著了。」戴著眼鏡的小男孩有些不耐煩地看了她們一眼。

「因爲小蘿不聽話嘛。」小茹笑嘻嘻地說，終於鬆開了夏蘿的右手。

「小蘿是壞孩子。」玲玲鼓起腮幫子抱怨，她也鬆開了夏蘿的左手。

夏蘿的腦袋又脹又痛，胸口的窒悶感越來越重，壓得她快要喘不過氣。她踉蹌地想要後退、想要與其他孩子拉開距離，可是平衡感卻像是瞬間離她而去，讓她只能搖搖晃晃地跌坐在地。

然後，一雙鞋子突然出現在她的視線範圍。

夏蘿一手按著胸口，一手撐在地上，勉強抬起頭來，只看見理著平頭的小男孩咧著嘴，朝她露出笑容。

接著，阿信向前又走近一步，一把揪住夏蘿的頭髮。

「小蘿，妳知道玩尋寶遊戲前要做什麼嗎？」

夏蘿的頭髮被扯得好痛，她用力咬住嘴唇，拚著僅剩的力氣想要掙離對方的箝制。但是阿信的手勁卻越來越大，夏蘿甚至產生頭皮要被扯下來的錯覺。

阿信往旁邊一站，露出原本被他擋住的坑洞，開心地大聲宣告。

「要先把寶物藏起來喔！」

這句話一落，他鬆開了抓著夏蘿頭髮的手，但另一股更加龐大的不安卻緊隨其後地籠罩住夏蘿。

不知何時，小茹與小俊已經站到她的左邊與右邊，但是玲玲呢？

夏蘿驚慌地想要回過頭，背部卻猝不及防地被人用力一推。她甚至連驚叫都來不及發出，失去重心的身子已狼狽地摔進坑洞裡。

「尋寶遊戲開始了喔！」

圍在坑洞旁邊的四個孩子拍著手、歡快地喊著，他們的眼睛都透出詭異的紅光。

「猜猜看，是誰會先找到小蘿呢？」

坐落在街尾的向陽民宿二樓，本來敞開的窗子突然被人輕輕關上，就連窗簾也刷的一聲拉了起來。許慧馨將額頭抵著窗子，覺得自己再不出去走走一定會瘋掉。

老天！她的寶貝已經失蹤兩天，她怎麼可能什麼事都不做，就這樣傻傻待在房間裡？

許慧馨用力捏緊窗簾，深吸一口氣，命令自己振作起精神。

她匆匆穿上外套，將房門打開一條縫，確定二樓走廊不見其他人影後，才悄無聲息地走出房間。

走大門是一定行不通的，門口正對著街道，很容易引起他人注意。許慧馨仔細地想了想，想起廚房有一扇小門可以離開民宿。

許慧馨一邊躡著腳走下樓梯，一邊小心翼翼注意樓下動靜。自己明明是民宿的房客，出個門卻要偷偷摸摸的，她也只能苦笑。

她這幾日的情緒大起大落，讓民宿老闆十分憂心，自然不敢隨意放她亂走，就怕她出什麼意外。

雖然知道不管是民宿老闆還是派出所的康所長，都極爲關切她的精神狀況，但許慧馨就是無法接受自己只能被動地等待消息。

「莉莉……」她發出壓抑又懊悔的低喃，蒼白的臉孔因爲強烈的情緒波動而泛起一絲血色。

她好不容易才讓原本畏縮的孩子重新露出笑容，就像一個普通的小女孩那般，會撒嬌、會耍賴，而不再是怯怯的，什麼要求都不敢提……

她費了那麼多心思，不就是希望莉莉過得更好嗎？看看自己都做了什麼？居然爲了那句「我最討厭妳了，妳才不是我媽媽」，就賭氣地先回了民宿，放著一個八歲大的孩子在外面。

是她的錯，她不該讓莉莉離開自己的視線範圍；她不該天真地以爲來到這個沒人認識的偏遠小村子之後，就可以徹底鬆懈下來。

只要一想到因爲自己的疏忽導致莉莉的失蹤，許慧馨就急得快要發狂。

如果是綁票的話……不，這個可能性太小了，先不論許慧馨一通電話都沒接到，她也不認爲綁匪會挑上她這個臨時起意來代神村的遊客。

但派出所員警從兩天前就找遍了整個村子，卻還是沒有發現莉莉的蹤跡，她的莉莉就像人間蒸發了一樣。

「不，還有一個可能……」許慧馨喃喃自語。

她拉了拉外套，站在樓梯前左右張望一下，確定老闆待在前廳，而廚房沒有半個人之後，她迅速跑到那扇緊閉的小門前，手指發著顫地解開鎖，悄悄離開民宿。

關於許慧馨心底認定的那個可能性，如果是以前的她一定會覺得是無稽之談，但在這座純樸古老的村子裡，反而讓人覺得理所當然。

神隱。

今天早上，許慧馨經過一樓走廊時，在一間房門未完全閉闔的房間外，聽到了康所長與林老闆壓低音量的交談。

從片斷的字句間，許慧馨捕捉到十五年前、神隱、神明大人等字眼。

明明理智不斷大聲告訴她這是不可能的，這個世界哪來的神？但心底卻又有另一個聲音說：「原來我的莉莉是被神明大人抓走了。」

開什麼玩笑！許慧馨憔悴的臉孔瞬間浮現怒意，甩掉這個荒謬的念頭。會帶走孩子的哪裡是什麼神明，分明是誘拐犯！

抱著最後一線希望，許慧馨決定隻身到槐山去看看。她避開村人聚集的商店街和廣場，沿著較僻靜的小徑走了一段路之後，蓊鬱雄偉的槐山終於出現在她的眼前。

「莉莉，媽媽來找妳了。」

許慧馨仰頭看著此刻繚繞淡淡霧氣的槐山，也不管自己可能會在山裡迷路，毫不猶豫便踏上那條鋪著石板的山中小路。

當她走到半山腰後，注意到小路兩旁的樹木都被掛上了紅燈籠。更正確一點的說法，是有繫著黃布條的樹木，枝幹上都掛上一個大紅燈籠。

許慧馨聽說過這座村子的傳說。每當祭典即將來臨，槐山上的槐樹都會被掛上燈籠，用來迎接神明下山。

這也就是說，她快要接近神明所在的地方了嗎？

這個念頭讓許慧馨的精神頓時振奮了起來，她一邊走，一邊扯著嗓子大喊。

「莉莉，妳在哪裡？媽媽來找妳了……莉莉、寶貝，妳快出來啊……」

寂靜的森林像是被一聲聲拔高呼喚驚動，數隻飛鳥振著翅膀從樹上飛起，留下一連串啪沙啪沙聲。

許慧馨每呼喊一次，就會稍稍停下腳步，側耳傾聽，希望可以聽見屬於小女孩的回應，但換來的卻都是讓人失望的寂靜。

「莉莉、寶貝！」

許慧馨不死心地邊喊邊走，但走著走著，她突然注意到前方不遠處有一道模糊的身影。因爲雙方隔著一段距離，她看不清楚對方的樣貌，只能隱約判斷出似乎是一名女子。

「請問一下，妳有看到一個穿著白洋裝的小女孩嗎？」許慧馨大聲詢問，同時加快腳步朝女子走去。但走了幾步後，她開始覺得不太對勁。

不管許慧馨往前踏過幾塊石板，她與女子的距離始終不曾拉近，依舊維持著一開始的距離。

而且，不管許慧馨多努力地想要看清楚對方的樣貌，繚繞在女子身邊的淡淡霧氣總是適時阻隔她的窺探。

該不會是……代神村的神明大人？

許慧馨腦海裡猛地竄過這個想法，肩膀不自覺地瑟縮一下。但她立即揮去畏懼的情緒，憤怒地瞪著對方。

「我不管妳是神明還是妖怪，把我的女兒還來！」

被霧氣輕緩包圍著的女子沉默不語，她只是伸出右手，食指比向了某個方向。

「是要我……往那邊走嗎？」

許慧馨疑惑地看了眼女子指引的方向，接著轉回頭想尋求肯定的答案，但含在嘴裡的質問還來不及出口，前方卻已看不見任何身影，就連繚繞的霧氣也散得一乾二淨。

瞪著空蕩蕩的前方小徑，許慧馨嚥了嚥口水，心中猶豫再三，終於還是決定遵照女子指引的方向，拐進了一旁的樹叢裡，偏離那條鋪著石板的小路。

盛夏的天色雖然暗得慢，可是槐山的樹木長得太茂密了，山裡一到下午便顯得陰暗。

環繞在周邊的槐樹幾乎晃花了許慧馨的眼，幸好她在拐進小路旁的森林時，有多留了一個心眼。她脫下外套，兩手抓住衣領使勁地扯，也不管這件外套花了她不少錢，拚著一股蠻力，硬是將外套撕成一條條的布塊。

每走一段路，許慧馨就在一棵樹上綁布條，這是從那些被綁著黃布條的槐樹上所得來的靈感。

在森林裡又走了十分鐘左右，原先間隔密集的樹木逐漸變得稀疏。

因爲視野驟然開闊，許慧馨注意到這塊空地上竟然散亂著許多小小的鞋印。她的一顆心頓時懸到喉嚨口，屏著呼吸，順著那串鞋印踏出一步又一步。

鞋印的盡頭，許慧馨看到一個深深的坑洞。她低下頭，駭然發現洞裡蜷縮著一名雙眸緊閉、失去意識的黑髮小女孩。

□

夏春秋坐立不安地在客廳裡走來走去，牆上時鐘的短針已經走到了3的位置，但他卻遲遲等不到夏蘿歸來。

雖然宮芊凝不只一次安慰他，夏蘿可能是和新朋友玩到忘記了時間，說不定待會就回來，然而夏春秋的一顆心卻始終無法落回原位。

說他疑神疑鬼也好、保護過度也好，打從橙華鎮事件後，夏蘿身邊若是沒有一個認識的人陪著，他就會忍不住胡思亂想起來。

就算妹妹搖著頭再三表示她不需要手機，等回了綠野村之後，他也一定要拜託小姑姑替小蘿買一支手機。

「芊凝姊，妳知道小蘿是跟誰出去玩嗎？」夏春秋停下焦躁的踩步，轉頭問向坐在輪椅上玩手機的宮芊凝。

「我不清楚呢。小蘿只跟我說她要和新朋友一塊去玩，就迫不及待出門了。」宮芊凝抬起頭，對他歉意地笑了笑，「眞的很抱歉，小夏。如果我當時有問清楚就好了。」

「不，這不是芊凝姊的錯。」夏春秋連忙搖搖手，又轉頭看了院子大門一眼，仍舊沒有見到夏蘿嬌小的身影。

心底的焦灼越來越重，他再也等不下去，匆匆對宮芊凝拋下一句「我去外面找小蘿」，就急匆匆衝出了屋子。

夏春秋的心思全被夏蘿未歸這件事佔滿，他並沒有看到那張白皙的臉龐輕輕綻出一抹笑意，像花朵般優雅，卻又充滿著譏誚。

「呵……你就慢慢找吧。」

宮芊凝柔聲說道，形狀優美的眸子愉快地瞇了起來。

就在夏春秋離開不久後，一早便出門幫忙村民準備祭典事宜的花忍冬一行人恰好回來。

只見有著一雙狐狸眼的少年一邊拉長了聲音嚷著好累，一邊用手搧了搧風，但從那張乾乾淨淨、不見汗水滲出的臉龐就可以知道，他只是嘴上嚷嚷罷了。

看到宮芊凝一個人待在客廳時，花忍冬有些詫異地張大了眼。

「芊凝姊，怎麼只有妳一人？」

「小夏呢？」歐陽明眨了眨眼，拿著毛巾擦去臉上汗水的動作也停了下來。

「小蘿呢？」葉心恬納悶地抬頭往上看，「在樓上嗎？」

走在後方的林綾頓時輕擰了下眉，她並不認爲一向有禮的夏蘿與夏春秋會無視主人的存在，躲在二樓的房間裡。

門外的動靜讓宮芊凝斂去唇邊的弧度，她操控著手推輪將輪椅調轉過來，對著幾人露出略帶慌張卻又好似鬆了一口氣的表情。

「忍冬，你們回來得正好。小蘿她到現在都還沒有回來，我很想陪小夏一塊出門找，可是……」她低頭看著蓋著薄毯的雙腿，沮喪地垂下睫毛。

「等等，芊凝姊，妳說小蘿到現在還沒回來，是指？」花忍冬越聽越糊塗。

墊後的左容、左易剛踏進大門就聽見了這番話，飛快地對視一眼。

左容不發一語地掏出手機，按下了快速鍵，等待電話撥通期間，朝著花忍冬遞去一記「繼續詢問」的眼神。

左易則是雙手環胸地倚在門邊，那張俊美的臉孔毫無表情。

花忍冬不禁慶幸對方的反應不是直接衝到宮芊凝身前，不客氣地扯住她的衣領質問。

「芊凝姊，妳可以將事情的經過告訴人家嗎？」他放緩了聲音問道。

「中午小蘿跟我說她要和新朋友一起出去玩，只叫我要跟小夏說一聲，就一個人跑出去了……」宮芊凝閉著眼，像是在回想細節。

與此同時，一陣微弱的手機鈴聲忽地從二樓傳來，左容當下扔下其他人，維持著手機貼在耳邊的姿勢，長腿一邁，匆匆上了樓。

「左容的個性就是這樣，芊凝姊妳不要介意。」看見宮芊凝因爲左容的舉動而中斷說話，花忍冬主動解釋了下，又繼續問道，「對了，妳剛剛說小蘿中午出門，是爲了去找新朋友玩？」

宮芊凝輕輕地點了點頭。

「小蘿有認識新朋友嗎？」歐陽明茫然地問。他記得這幾天夏蘿都跟在夏春秋身邊……噢，偶爾還會被左易帶出去。

「新朋友……」葉心恬越是思索，眉頭就越皺越緊，最後放棄地喊了一聲，「不行，我完全想不起來。」

「芊凝姊，妳知道小蘿是去找哪家的小孩玩嗎？」林綾也問了一句。

宮芊凝搖搖頭，有些歉疚地咬著嘴唇。

很快地，左容又回到了一樓客廳，與先前不同的是，她手裡拿著一支黑色手機。

「春秋的手機沒有帶在身上。」左容前一句是對林綾等人說的，後一句則是看向宮芊凝，「芊凝姊，小夏出去多久了？」

明明對方比自己還小一、兩歲，可是在那雙淡漠又帶著一絲壓迫感的眼睛注視下，宮芊凝卻有無所遁形的感覺。

她不自在地輕咳一聲，竭力維持臉上的歉意神色，「大概……大概十分鐘前。」

左易無聲地與左容交換一記眼神，鬆開環胸的手，率先轉身離開屋子。左容緊隨在後。

「要走也說一聲嘛，又不是只有你們擔心小夏他們。」葉心恬嘛著嘴跺了下腳，一把拉住林綾的手，然後睨了一旁的歐陽明一眼。

小胖子立即很有自知之明地跟上去。

「哎唷，你們等人家一下啦！」被丟下的花忍冬連忙向已走到院子裡的三人喊一聲。

「你們……」宮芊凝控制不了自己，臉上浮現錯愕，「你們都要出去找人？」

就爲了夏春秋和夏蘿，把更需要關心照顧的她留在家裡？

「嗯嗯，人家很快就會回來的，芊凝姊妳不用擔心。」花忍冬安撫地對她笑了笑，腳步匆匆地追上走在前頭的林綾等人。

客廳裡，宮芊凝手指用力抓著手推輪，直到指節都發白了，還是甩不去心裡那股受傷的感覺。

第四章

夏春秋此時就像無頭蒼蠅一般在街上亂轉，不斷向路過的小孩子們打探夏蘿的消息，然而得到的回答都是「不知道」。

夏春秋懊惱地垮下肩膀，心裡湧起的是自己無法照顧好妹妹的自我厭惡。每從一個小孩子身上獲得讓人失望的答案，他的不安感也就加重一分。

夏蘿眞的是和新朋友一塊出去玩了嗎？爲什麼自己問了那麼多孩子，卻沒有一個人看過夏蘿？

夏春秋咬著嘴唇，腦子裡甚至已經浮現向派出所尋求協助的念頭。不，在這之前，他應該先找花花他們幫忙。

摸了摸口袋，發現自己忘記帶手機出門，夏春秋正想要朝著來時路折回去，忽地聽到一道帶著不確定感的聲音喊著自己的名字。

「夏春秋……你是夏春秋，對吧？」

誰在叫自己？

夏春秋反射性順著聲音的方向抬起頭，卻看見斜前方的民宿二樓有扇窗戶是往外推開的，一名長髮女子從窗裡探出上半身，對著他招招手。

夏春秋一開始只覺得對方有些眼熟，他瞇起眼仔細瞧了瞧，這才露出恍然大悟的神情。是昨日下午在街上遇到的女子，對方當時還將夏蘿誤認為她的女兒。

「阿姨妳叫我嗎？」雖然不明白對方為何會知道他的名字，但夏春秋還是往民宿方向走過去。

「你是不是在找你妹妹？」

夏春秋就像是感到不可思議地睜大眼，用力點點頭。

「你妹妹在我這邊，快上來吧。」許慧馨笑著說道。

這句話彷彿天上掉下來的最好禮物，夏春秋再也掩不住眼裡的驚喜，三步併作兩步地衝進向陽民宿裡。

一開始，坐在櫃台後翻閱晚報的林老闆還以為發生了什麼事，慌慌張張地站起來，差點要擺出防備動作，但在夏春秋結結巴巴的解釋下，他才鬆了一口氣地重新坐下，示意夏春秋直接上樓。

許慧馨的房間位在二樓走廊底，夏春秋快步走到房門前，抬起手輕敲了兩下。

幾乎敲門聲剛落下，房門就被人從裡頭打開了。

「快進來吧。」許慧馨雖然面容憔悴，但在看見夏春秋時，仍對他露出溫柔的笑臉，將人迎進房裡。

「小蘿！」夏春秋的視線在看到捧著馬克杯、坐在椅子上的小女孩時，再也移不開了。

「哥哥！」同樣翹首以盼的夏蘿，當下把杯子放在桌上，急急忙忙跳下椅子，如同一枚小砲彈般衝過去，兩隻手緊緊抱住他的腰。

看著夏蘿仰起小臉蛋，眼裡盡是對夏春秋全然的信賴，許慧馨就好似從她身上看到了莉莉的影子，眼眶不禁一酸，喉頭也微微發澀。

但她很快掩去了眼裡的黯然。

夏春秋先是讓夏蘿摟著好一會兒，隨即再輕手輕腳地將她從自己懷裡拉出來，想要檢查她的狀況是否安好。

這一看，他發現夏蘿身上穿的衣服是他不曾見過的小洋裝。

雖然納悶著這件衣服從何而來，但夏春秋還有更重要的疑惑急需解答。

「小蘿，妳不是跟新朋友一起出去玩嗎？爲什麼會……」

在看見妹妹抿著嘴唇，蒼白的小臉閃過一絲驚懼之後，夏春秋立即將所有質問吞了下去，反手握緊夏蘿的小手，探詢地看向許慧馨。

「我來解釋吧。」許慧馨嘆了口氣，「小蘿原本穿的那件衣服沾滿了泥土，變得髒兮兮的，所以我讓她先換穿莉莉的洋裝。」

「到底發生了什麼事？」夏春秋心裡湧上不好的預感。

「小蘿說她原本是跟新朋友一起玩，只是後來她想去槐山看看，所以就脫了隊，結果反而在山裡迷路，不小心跌進了坑洞裡。」

回想起發生在槐山上的事，許慧馨臉上的表情越發嚴肅。她原本是爲了尋找女兒，卻在連她自己也不清楚是人是鬼的神祕女子指引下，意外發現了夏蘿——但這件事她並不想讓夏家兄妹知情。

「跌、跌進了洞裡！」夏春秋不敢置信地瞪大眼，手忙腳亂地撩開夏蘿的頭髮，仔仔細細檢查起她的後腦勺與額頭，就怕哪裡有了傷口。

黑髮白膚的小女孩閉著眼睛，安靜地任兄長上下檢查。

「別擔心，林老闆已經請醫生來看過小蘿，她沒事的。她剛剛才醒來，沒想到就看到你經過民宿。」許慧馨安慰道。

「沒事就好、沒事就好……」夏春秋總算鬆了口氣，但還是忍不住握了握夏蘿的小手再鬆開，看向許慧馨的眼神充滿感激，「阿姨，眞的非常謝謝妳。」

「這沒什麼，不用放在心上。對了，你要不要先打個電話通知家人，說你們現在在我這裡？」

「啊……」夏春秋低呼一聲，想起自己因爲忘記帶手機，原本打算先回去花家一趟的。

「你忘了帶手機嗎？」許慧馨從他的表情猜出了真相，「我的先借你吧。」

「謝謝阿姨。」夏春秋感激地接過手機。

手機鈴聲突然響起之際，左容反射性頓住前進的步伐，從口袋裡拿出手機，然而螢幕上卻顯示著一串陌生號碼。

「誰？」左易也跟著停下來，遞去一記探詢的眼神。

兩人現在正站在一所小學前，灰色的矮圍牆從大門左右各自延伸，再交會在一起，圈出一個規則的正方形。由於現在是暑假，學校裡自然罕有人跡，最多就是操場上有幾個正在運動的村民。

看著不斷震動並且傳出鈴聲的手機，左容的遲疑只是瞬間，還是決定按下通話鍵。出乎意料地，手機裡傳來的是一道她再熟悉不過的少年聲音，那張中性淡漠的臉孔瞬間泛過一抹驚訝。

左易挑了下眉，不解一組陌生的電話號碼怎能讓對方動搖？

是春秋。左容一邊無聲地用唇形說出答案，一邊專注聽著手機那端的人說話。在幾個「嗯」、「好」、「我知道了」等簡短字句後，她便匆匆結束通話。

「找到小不點了？」左易連忙追問。

「先去找林綾吧。我記得他們在長春公園那帶找人。」

同爲雙生子，左易又豈會不知道這句話就是變相的肯定答覆，從下午緊繃到現在的情緒終於稍稍鬆懈了下來，一張俊臉也不再維持著生人勿近的可怕神色。

只是對於無法第一時間過去探看夏蘿，反而得先到長春公園找林綾等人，他頗有微詞，嘴裡嘀嘀咕咕著「麻煩死了」。

左容充耳不聞，繼續大步往前走。

長春公園並不遠，與左容他們方才停步的小學只相距了幾百公尺。

那是一座滿布綠意的公園，樹木環繞在紅磚鋪成的小道旁，白日會落下大片樹影，是平日村民散步的好去處。

因爲這幾日整個村子都在忙著準備祭典，不少小孩子喜歡待在廣場上看熱鬧，今天的公園反倒安靜許多，只有枝葉被風吹動的沙沙聲不斷響起。

左容與林綾約好的會面地點是兒童遊樂區，就在公園中央，那邊有沙坑、水泥鋪成的小型溜冰場，還有數座在草地上的溜滑梯；四方形的偌大沙坑裡，還遺留著小孩子忘記帶走的小水桶或玩具車。

只是當左容、左易來到指定地點時，卻只看到林綾一人站在溜滑梯旁。

「其他人呢？」左容習慣性地打量周遭一圈。

「花花和歐陽說要去槐山找，我們在中途就分開了。我跟小葉負責來公園碰碰運氣。」

「另一個在哪裡？」左易挑了下眉。

「小葉去廁所了。」林綾的視線先是飛快掃向溜冰場後方的白色建築物，隨後又移回左容、左易身上，「你們呢？怎麼會過來這邊，已經有小蘿的消息了嗎？」

「春秋打來電話，說找到小蘿了，他們現在在一間民宿裡。」

「民宿？」林綾有些困惑地問，「小蘿的新朋友住在民宿嗎？」

「不是。」左容搖頭，「聽說是那裡的房客去槐山時，發現小蘿跌到坑洞裡，便把她帶回民宿照顧。」

「我怎麼不知道這件事！」左易的眼神頓時狠厲了起來。

「因爲我沒說。我如果一開始就告訴你，你會立刻衝去找小蘿，然後質問她一堆事。」左容用的不是疑問句，而是肯定句。

左易無法否認。他抿著一雙薄唇，目光犀利得彷彿要刺透左容；被注視的人同樣回以一記不遑多讓的壓迫眼神。

兩人無聲的對峙只持續了一會兒，就見左易抹了把臉，臉雖然還是很臭，但眼裡已經少了一抹狂躁。

「半小時。」他猛地迸出這三個字。

「嗯？」林綾的微笑滲出了一抹困惑。

「左易說他的耐心只有半小時。」左容看了眼自顧自在另一邊長椅坐下、顯然在冷靜情緒的胞弟，將沒頭沒尾的句子做了說明。

「我打個電話給花花。」林綾拿出手機，直接點開通話記錄，找到了花忍冬的名字。

電話才剛撥出去沒多久，很快就被接通，她並沒有給予對方先開口的機會，而是以沉靜婉約的語氣將事情交代一番，最末才問了句「花花，你們十五分鐘內應該可以趕過來吧」。

即使手機沒有調整成擴音模式，左容都可以清楚聽到花忍冬響亮的一聲「當然可以」。

「很好，待會見。」林綾滿意地結束通話，隨即仔細問起左容有關於夏家兄妹的事情。

兩人的聲音都放得極輕，因此左易並沒有聽到這段對話。

「很可疑。」左容眼裡閃過一抹凌厲，「新朋友的事和宮芊凝的說詞都很可疑。」

「原來我們想到一樣的地方呢。」林綾微笑著與左容交換一記心照不宣的眼神。

渾然不知左容、左易已到了公園，葉心恬正一臉不滿地從廁所裡走出來，紅潤的嘴唇噘得高高的。

「討厭，這裡的廁所好窄，爲什麼要蓋得那麼小啊。」她一邊抱怨，一邊打開水龍頭洗手。

不知道是不是錯覺，在嘩啦啦的水聲中，依稀還傳來一陣「咿——呀——咿——呀——」的模糊聲音。

一開始，葉心恬並沒有注意到這個聲音，直到她洗完手、關上水龍頭，少了水聲的干擾後，那陣咿呀聲頓時清晰得讓人難以忽視。

「嗯？」葉心恬狐疑地四處張望一番，卻沒看到廁所周邊有什麼可以製造出這種聲音。

因爲太好奇了，她又忍不住往周邊搜索了下，結果發現用來充當圍籬的灌木叢後有一處略微陷下去、鋪著沙子的淺沙坑。

沙坑上頭架了幾座鞦韆，被風吹得搖搖晃晃，發出了葉心恬先前聽到的咿呀聲。其中一架鞦韆上坐著一名小孩，細短的兩條小腿正隨著鞦韆的擺動晃呀晃的。

這是葉心恬不經意看過去的第一眼印象。

事實上，人在看到某個人事物時，即使沒有看到全貌，但大腦會因爲視線所捕捉到的片段而自動補齊了想像。

也因此，葉心恬在看到晃動的鞦韆與隨風飄動的白色裙子時，自然而然就認爲那是一個小女孩坐在那邊盪鞦韆。

她隨意地又看了沙坑周邊一眼，照理說，小女孩的玩伴或家人應該會在附近才對……

可是，沒有。

一個人影都沒有。

葉心恬又把目光移回鞦韆上，不再像先前那樣漫不經心地一掃而過，而是想要看清楚小女孩的模樣。

但是視線一定格的瞬間，她的瞳孔也跟著驟然收縮，血色以肉眼可見的速度從明媚的臉蛋上褪去。

葉心恬依然可以看到那座鞦韆正慢慢擺動著，也可以看到在鞦韆快要停下來時，穿著白色小皮鞋的那雙腳還會往沙坑踢一下，讓鞦韆繼續擺動。

但是、但是，就只有那雙腳而已！

被裙子覆蓋的大腿根部以上是空蕩蕩的，看不到身體、看不到手，當然也沒有頭顱。映在葉心恬眼裡的，是兩條細瘦的腳。它們正隨著鞦韆的搖晃而輕輕擺動。

恐懼的斷氣聲在喉嚨裡滾動，明明心裡的警鐘瘋狂大響，理智大聲向她咆哮應該轉身就跑，但視線卻始終無法從鞦韆上移開。

好像有什麼從裙襬滴了下來，滴答滴答，然後紅色的液體越落越多，不只落在沙坑裡，也落在那雙白色的小皮鞋上。

如同紅墨水突然傾倒一般，帶著濃稠感的紅色猛地染紅了白色小皮鞋。接著，顏色漸漸變深，從鮮紅轉爲暗紅，如果不細看，那簡直就是一雙紅皮鞋。

下一秒，那雙被染紅的小皮鞋忽地停下搖晃的動作，輕巧地落至沙坑上；原本屈著的膝蓋也伸直了，就好像對方從鞦韆上跳了下來。

接著，小巧的鞋子轉了方向，鞋尖朝向葉心恬所在位置，踩著緩慢又不祥的步伐。

「咿——不要過來！」葉心恬再也壓不住恐懼地尖叫出來，當聲音衝出喉嚨的剎那，身體像是突然被解開了束縛，她先是踉蹌地後退幾步，隨即轉身拔腿狂奔。

讓人毛骨悚然的是，那雙小巧的紅皮鞋雖然仍舊緩緩地向前走，但與葉心恬之間的距離卻在不斷縮短。

猛一回頭發現這個事實之後，葉心恬驚慌得都要哭了。

「林綾——林綾救我！」葉心恬不敢再往後看，死命地埋頭往前跑，就怕腳步一慢，那雙紅皮鞋便會追上。

然而才跑沒幾步，她卻驟然撞上了某個柔軟的東西，就連她的雙手也被緊抓住不放。

葉心恬反射性就要尖叫出聲，但一道憂心的婉約嗓音卻比她更快響起。

「小葉，怎麼了？發生什麼事了？」

是林綾！

這個認知浮現在腦海時，葉心恬全身的力氣彷彿都被抽光了，軟綿綿地靠著林綾，手指顫顫地比向後方。

「後面、後面有……」因爲太過害怕了，她連話都說不完整。

「後面什麼都沒有喔。」林綾溫柔地說。

葉心恬愣了一下，從她的懷裡探出頭，這才發現自己不知何時又回到廁所前，而左容與左易就站在林綾身後。

然後，葉心恬大約花了五秒才消化這句話的含意。她怔怔地轉過頭，沒有紅色的小皮鞋，沒有蒼白的細瘦雙腿，身後是一片被風吹拂的枝葉。

「小葉，妳看到什麼了嗎？」林綾輕輕拍著葉心恬的背，柔聲詢問。

「我、我……」葉心恬一時不知先前發生的事是幻覺，亦或是眞實？

「怎麼，見鬼了嗎？」左易沒心沒肺地嘲諷。

「你！」葉心恬氣急敗壞地瞪了他一眼，原本盤踞在心裡的恐懼瞬間被惱怒吞掉，忍不住氣呼呼地鼓起腮幫子。

「我們先離開再說吧。」左容適時制止即將要唇槍舌劍的兩人。

可以離開這座公園，葉心恬當然求之不得，當下就把左易拋在腦後，挽著林綾的手臂往外走。雖說是「挽」，但其實她更像是整個人緊緊貼住林綾不放。

墊後的左容在走了幾步後突然回頭，她若有所思地瞇起眼，看到一抹模糊的身影從樹後探出來。

白色的裙子，紅色的小皮鞋。

但是，只有下半身而已。

就在左家雙子與林綾等人會合時，此刻的花忍冬正與歐陽明急匆匆走在槐山小徑上。

爲了盡快找到夏蘿，花忍冬與歐陽明負責搜索槐山，而林綾與葉心恬則是前往長春公園找人。

之所以會這樣分配，是因爲村子裡的孩子平常玩耍的地方不是在小學操場，就是在公園或槐山。況且兩邊分開行動，搜索的範圍比較大，也可以比較快找到人。

只是槐山地勢雖然相對平緩，但鋪著石板的小路畢竟是往上攀升的，一開始慢慢走沒有感覺，但是走久了或者走快了，就會明顯感受到體力的消耗。

「發……發花……」歐陽明上氣不接下氣地喊道，因爲喘氣，連發音都不太標準了。

「啊？」花忍冬回過頭，在看到歐陽明一手撐著樹、一手按著胸口，氣喘吁吁地停下腳步時，忍不住嘆了口氣，「歐陽，你眞的該減肥了啦。」

「我覺得……呼呼，不是我要不要減肥的問題……是你、呼……走太快了啦……」歐陽明抗議。

自從踏上槐山後，花忍冬走路的速度比平時快了許多——或者說，這其實是他原本的速度，之前只是配合林綾的步伐才特意放慢。

爲了追上花忍冬，歐陽明也很努力地擺動雙手雙腿，甚至到了小跑步的地步，但還是落後前方的身影一截距離。

到最後，歐陽明眞的覺得他快不行了。再依照花忍冬的速度走下去，他一定會體力不支地倒在森林裡。

「你體力也太爛了吧。」花忍冬嫌棄地搖搖頭，但還是寬宏大量地勉強放他一馬，「給你休息五分鐘。」

「才五分鐘喔？」歐陽明的臉頓時垮了下來，「花花，好歹讓我休息十分鐘吧。」

「行啊。」花忍冬笑咪咪地一口應允，一雙狐狸眼看起來人畜無害，「人家打電話跟左易說，因爲歐陽想要休息，所以咱們這邊的搜索進度落後。」

「咿！五、五分鐘就可以了。」歐陽明再不敢要求，哆嗦地從口袋裡摸出巧克力。

下午時分的槐山較上午陰暗，如果起霧，更會影響能見度，這也是爲什麼花忍冬會主動攬下搜索槐山的任務。本地人的他對於這座山上的路線極爲熟悉，不會發生迷路的窘況。

站在一塊石板上，花忍冬雙手環胸，仰頭看向被掛上紅燈籠的槐樹。

碩大的暗紅燈籠懸掛在半空中，在昏幽的森林裡，如果被不知情的遊客撞見，說不定會以爲樹上吊著一顆顆頭顱。

嗤笑了一聲自己的胡思亂想，花忍冬瞥向腮幫子鼓鼓、正含著巧克力的歐陽明，遞去一記「該動身」的視線。

「要走了喔……」歐陽明雖然一臉哀怨，但還是認命地移動雙腳，跟在花忍冬身後。

他們一邊走，一邊呼喊夏蘿的名字，但是除了迴盪在山裡的回音之外，再也得不到任何回應。

繼續走了一段路後，被代神村尊爲神明大人的巨大槐樹終於映入眼簾。

「花花，還是沒看到小蘿耶。他們眞的會跑到槐山來嗎？」歐陽明拉了拉花忍冬的衣服，納悶地看著四周。

「如果人家知道的話，就不會那麼傷腦筋了。」花忍冬沒好氣地睨了他一眼，但他還是習慣性地走到槐樹前，雙掌合十地拜了拜。

瞧見花忍冬的動作，歐陽明也有樣學樣，閉上眼睛，在心裡祈求著可以盡快找到夏蘿。當他再睜開眼時，卻發現花忍冬已經不在他身邊。

「花花？」歐陽明緊張地喊了一聲，東張西望地尋找起好友。

「在這邊。」

花忍冬揚高的聲音從槐樹後方傳來，歐陽明鬆了口氣，連忙繞到樹後，卻看到花忍冬正偏著腦袋，若有所思地盯著一條雖然被雜草掩蓋，但仍隱約看得出輪廓的小路。

「看起來像有被人踩過的痕跡……」花忍冬蹲下身，仔細端詳那些橫倒的雜草，「不會是跑到裡面玩了吧？」

「咦？」歐陽明看著那條不知通往何處的小路，只覺得一大片蓊綠色彩幾乎要花了他的眼，根本就看不清楚再往裡面走，究竟會通到哪裡。

「應該不太可能。」花忍冬自問自答，「村子裡的小鬼都知道那裡不可以亂闖。」

「花花，我聽不懂你的意思。」歐陽明聽得一頭霧水，「裡面怎麼了嗎？爲什麼不可以亂闖？」

「也沒什麼。就是老一輩的說過，再更往裡走，是神明大人的私人領域，我們是不可以接近的。」花忍冬雙手撐在膝蓋上站了起來。

「原來如此。」歐陽明恍然大悟地點點頭。他所居住的紅葉村也極爲傳統，村民對於先祖們制定出來的規矩都不敢違反，代神村有這樣的規定也不意外。

「傷腦筋呢，小蘿到底跑到哪裡去了？」花忍冬很是苦惱，「不知道林綾有沒有找到人了，人家打電話問問好了。」

「那我打給左容。」歐陽明自動跳過左易這個選項。

只是兩人才剛拿出手機，花忍冬的手機就先一步震動起來，緊隨而來的是一陣悠揚的手機鈴聲。

「討厭，沒想到林綾跟人家有心電感應耶。」一看到螢幕上的來電者，花忍冬笑得像是臉上開了朵花似的。

他喜孜孜地按下通話鍵，正準備開口，林綾婉約的嗓音已如流水般傾洩而出。

「花花，從現在開始，我說話的時候不許插嘴。」

明明知道林綾看不到，花忍冬還是反射性做了個遵命的手勢。歐陽明疑惑地看了他一眼，最後歸因於對方可能是接到林綾的電話太激動，搞不清楚自己在做什麼了。

渾然不知歐陽明已經擅自替他蓋下了「花花真是奇怪」的印章，花忍冬掛著陶醉的笑容，聽著林綾的聲音從手機裡傳來。

「左容、左易剛剛來公園與我們會合，已經知道小蘿在什麼地方了。我們現在就要去找他們，地址在……」

林綾報出一串路名，花忍冬越聽越覺得熟悉。那不就是在商店街附近嗎？他們大費周章地跑到槐山來，結果夏蘿卻是在村子最熱鬧的地方？

看著花忍冬先是傻笑，接著又疑惑地擰起眉，歐陽明忍不住往他身邊湊去，試圖偷聽手機裡的談話內容。

走開、走開。花忍冬無聲地用嘴型做出幾個字，像趕蒼蠅一般地向歐陽明揮揮手。這可是他與林綾寶貴的通話時間呢，怎麼可以讓人打擾。

手機另一端又聽林綾柔聲說道，「花花，你們十五分鐘內應該可以趕過來吧？」

「當然可以！」花忍冬毫不猶豫地應允下，直到手機裡傳出對方切斷電話後響起的嘟嘟聲，他才戀戀不捨地收起手機，然後氣勢洶洶地看向歐陽明。

「歐陽，已經知道小蘿在哪裡了。快點！咱們要在十五分鐘內趕過去！」

「十、十五分鐘？」歐陽明的一雙瞇瞇眼瞬間瞪得滾圓。

他們光上山就花了快半小時，更別說從村子裡到槐山之間還有一段距離……會死，真的會死啦！

但是花忍冬卻不給歐陽明反抗的機會，一把拽住他的手，硬扯著他往山下衝。雖然槐山的小路不算崎嶇，但從上方往下衝，本來就會讓奔跑的速度加快，同時也會因為衝力過猛而難以煞住步伐。

一路上，只聽見歐陽明慘叫連連，身上的肉因為快速奔跑而一顫一顫地晃動。不過花忍冬彷彿沒看見也沒聽見，他的腦海裡只剩下「不可以遲到」、「要趕快見到林綾與小蘿」等念頭。

一口氣差點喘不過來的歐陽明在花忍冬的強迫拉扯下，居然真的僅花了十分鐘就從山上衝到山腳。

踏上平坦的地面時，歐陽明只覺得兩隻腳又痠又抖，險些要站不住，偏偏花忍冬卻是連氣都不喘一下，一張秀氣的臉孔僅泛著薄汗，不像歐陽明已汗如雨下，背部還濕了一大片。

「發花……拜、拜託……呼呼………你饒了我……」歐陽明一屁股坐在地上，喘得像是快要壞掉的風箱。

「你體力眞的不是普通的爛耶。」花忍冬嫌棄地戳戳歐陽明的臉，但還是勉爲其難地讓他稍作休息。

被一個擁有怪力，而且從山上狂奔到山腳卻一口氣也沒喘的人指責體力爛，歐陽明連哭的心情都有了。他只是一個普通人，有必要這樣虐待他嗎？

就在這時，花忍冬注意到道路另一端有四抹身影正朝槐山走來，爲首的是一名皮膚黝黑的男人，手中還握著一桿細細長長的木棍。

「海山叔叔。」花忍冬當下認出對方是誰。

在代神村的傳統習俗裡，只要被村民推舉爲懸槐祭典的總幹事，就必須負責領隊點亮槐山的燈籠。

「忍冬，你們怎麼會在這裡？」謝海山訝異地看向花忍冬，隨即視線掃向坐在地上猛喘氣的歐陽明，有些遲疑地問道，「呃，你朋友還好吧？看起來……」

看起來簡直要死掉了一樣。這是謝海山與另外三名村人的共同心聲。

「沒事啦，只是剛剛跑太快了，他一時喘不過氣。」花忍冬笑咪咪地說道，就像是沒有感覺到如針般扎向背部的視線。

「這樣啊。」謝海山仍是有些憂心地看著歐陽明，「真的不需要幫忙嗎？」

「不用、不用。」花忍冬婉拒了對方的好意，「海山叔叔，你們是要去點燈吧？還是早點上山比較好。」

「說得也是。」謝海山憨厚地笑了笑，喊上後方的三名中年男人。

仔細一瞧，便會發現他們手上也都拿著一根細長木棍。由於紅燈籠都已掛上槐樹，村民若要點燈，便會利用木棍將火苗送進燈籠裡。

看著四人加快腳步匆匆離去，花忍冬又轉回頭看向歐陽明。對方此時已經不顧形象地癱倒在地，圓滾滾的肚皮上下起伏著。

「哎呀呀。」花忍冬忍不住嘆氣，「再讓你休息五分鐘。五分鐘過後，就算你爬不起來，人家也會把你硬扛過去喔。」

面對那抹人畜無害的親切微笑，歐陽明的回應是乾脆閉上眼睛裝死。

第五章

打造成無障礙空間的客廳裡，宮芊凝坐在輪椅上，一雙美眸卻總是不經意地眺望著窗外，柳眉輕蹙，彷彿心事重重的模樣。

「芊凝，吃飯囉。」楊紓從廚房走出來，在看到宮芊凝憂愁的模樣後，她還以爲對方是在擔心夏蘿，「別擔心，忍冬他們一定可以找到小蘿的。說不定……眞的是不小心玩到忘記時間。」

宮芊凝垂下眼，長長的睫毛掩去一閃而逝的冷光，乖順地任由母親幫她推輪椅。

只是輪椅才剛剛前進一小段路，又忽地停了下來。

「妳看，他們不是都回來了嗎？」

楊紓的聲音滿含喜悅，宮芊凝下意識跟著回頭看過去。

就見花忍冬一行人正說說笑笑地走進院子裡，然而仔細一看，會發現他們之中少了一抹嬌小身影。

「小蘿呢？她怎麼沒有跟你們一起回來？」楊紓關切地往幾個大孩子的後方多看幾眼，卻仍然沒有瞧見夏蘿。

這同時也是宮芊凝的疑惑。她原以為夏春秋等人沒有找到夏蘿，事實上，從他們之中的確看不到夏蘿的影子。但幾個人之間的氣氛卻不是愁雲慘霧，反倒有說有笑。

「阿姨，小蘿她今天會住在向陽民宿。」夏春秋怕楊紓擔心，連忙將妹妹不回來的原因解釋一遍。

夏蘿一直堅持她是因為想要去槐山看看，才會私自脫隊，結果在山裡迷了路，不小心跌到坑洞裡。先不論新朋友究竟是誰，光是夏蘿會一個人偷偷跑進山裡這件事，夏春秋就很難相信了。

然而看著夏蘿難得露出的倔強表情，他知道這個時候是問不出什麼來的，只好暫時先將疑問壓在心底。

隨即夏蘿又主動提出要求，希望可以陪在許慧馨身邊一晚。

一開始夏春秋是有些猶豫的，畢竟雙方非親非故，但他也知道妹妹對「人」很敏感，就像小動物擁有趨吉避凶的本能一般，如果她願意主動親近，就表示對方是值得放心的人，例如左易。

況且，許慧馨還是夏蘿的救命恩人。

一想到對方的女兒在這時候失去蹤影，夏春秋就覺得於心不忍，再三思索後終於同意了妹妹的要求。

「也好，讓小蘿陪在那位黃太太身邊，說不定能讓她心情好一點。」楊紓嘆了口氣，將這個沉重的話題打住，「好了，你們快去洗洗手，準備開飯了。」

「吃飯！」歐陽明歡呼一聲，第一個衝向廚房。

「這不是跑得挺快的嗎？」花忍冬沒好氣地翻了個白眼，想起歐陽明在槐山走得氣喘吁吁的模樣。

自始至終，宮芊凝那張脫俗出塵的臉孔都帶著一抹恬淡笑容。對於夏蘿隱瞞了那時候所發生的事，她非常滿意。

向陽民宿裡，已經洗完澡的夏蘿正好奇地看著擺在一樓大廳櫃子裡的照片。

其中一張照片裡站著兩男兩女，都是極爲年輕的相貌，正笑容燦爛地看著鏡頭。

其中一人的輪廓有些眼熟，夏蘿瞧了瞧照片，又忍不住回頭看看坐在沙發上看報紙的民宿老闆。

「林叔叔，戴眼鏡的是你嗎？」

聽到詢問，身材瘦小、髮色偏灰的林老闆放下報紙，推了推鼻梁上的老花眼鏡，從沙發上站起來，走到夏蘿身邊，跟著湊近看著櫃子裡的照片。

「是我沒錯。小蘿眞聰明。」林老闆笑呵呵地誇獎，「站在我隔壁的是我太太。」

「原來是阿姨。」夏蘿恍然地點點頭，接著比向右邊的粗獷男性，「這位叔叔是？」

林老闆露出了神祕的笑容，「這個叔叔跟他身邊的漂亮阿姨，和妳哥哥的朋友有點關係，小蘿可以猜猜看。」

在夏蘿的認知裡，既是哥哥的朋友，又與這座村子有關的人，就只有花忍冬了。

「忍冬哥哥的爸爸和媽媽？」夏蘿確認般地問，在看到林老闆笑瞇著眼點頭之後，頓時為自己猜中答案而感到開心。

「答對了呢，右邊的叔叔就是忍冬的父親。呵呵，幸好忍冬那小子的外貌是遺傳到繡眉。」

「繡眉？」

「就是忍冬的媽媽，她可是我們村裡的大美人呢。小蘿妳想想，忍冬如果是像爸爸的話，不就長得像熊一樣了？」

聽見林老闆的比喻，夏蘿努力思索了下畫面，然後忍不住捂著小嘴笑了出來。

林老闆憐惜地看了夏蘿一眼，覺得小孩子就該開心地笑著。

先前看到許慧馨帶回衣服上沾著泥土、看起來狼狽不堪的夏蘿時，林老闆嚇壞了，差點以為許慧馨因為找不到女兒，大受打擊之下，去外頭拐回了一個小孩。

幸好只是一場誤會。

晚些時候，夏蘿的兄長與朋友們紛紛上門拜訪，在看到花忍冬時，林老闆笑呵呵地調侃他幾句，不外乎就是「什麼時候找個女朋友啊」、「什麼時候給你媽抱孫子」之類，頓時將那位眉清目秀的少年逗得一臉害羞。

事後，林老闆壓不住好奇心，偷偷詢問夏蘿「忍冬是不是有喜歡的人啊？」，在看著小女孩面無表情地思索一下，然後認眞點頭的模樣後，林老闆只覺得這孩子眞是可愛極了。

當許慧馨走下樓的時候，看到的就是一大一小站在櫃子前看照片聊天的畫面，氣氛很是快樂。

「老闆，後院的曬衣架可以讓我晾一下衣服嗎？」

許慧馨手裡抱著臉盆，裡頭放著一件濕漉漉的小洋裝──那是夏蘿被泥土弄髒的衣服。

「當然可以。」林老闆親切地笑道，接著又轉向夏蘿，「小蘿啊，要不要看叔叔做的模型，有火車、大樓，還有學校呢。」

「夏蘿想看，但是十點是睡覺時間，明天再看可以嗎？」黑髮白膚的小女孩細聲細氣地說道。

夏蘿那副認眞表達想法的樣子，讓許慧馨和林老闆都笑了出來。

尤其是許慧馨，對於夏蘿今晚可以陪在自己身邊，是打從心底覺得感謝。如果沒有人讓她轉移一下注意力，她或許連今天都捱不過。

看著與女兒年紀相仿的夏蘿，許慧馨的眼底滑過了一抹哀傷，但她很快又振作起精神。說不定……明天就有莉莉的消息了！

對夏蘿來說，十點是就寢時間，不過對於一群十六歲的高中生來說，這是正適合聊天的時間。由於夏春秋今晚一個人睡，因此花忍冬、歐陽明、葉心恬便理所當然地待在他的房間裡。

榻榻米上放著一疊相冊，花忍冬正笑咪咪地展現他的兒時記錄。

「怎樣，人家以前很可愛吧？」

「嗯嗯，花花真的很可愛，只輸了小時候的小蘿一點點。」夏春秋看著相片裡的小嬰兒，真心實意地說出感想。

盯著夏春秋再認真不過的表情，花忍冬嘴角微微抽搐。小夏，其實你的戀妹情結很嚴重，對吧？

「噗嗤。」葉心恬毫不客氣地笑出來。看到花忍冬吃癟的樣子，就讓她覺得很樂。

至於歐陽明，他則是一邊抓著洋芋片放進嘴裡，喀滋喀滋地咬，一邊盯著抱著小嬰兒，與一名粗獷男性並肩站在一塊的秀美女子。

「發發。」因為嘴裡塞著食物，他的發音並不標準，「這位是……」

「這是人家的媽媽，是親生母親。」花忍冬湊到歐陽明這邊，一臉懷念地看著相片中的女子，「她在人家剛出生的時候就去世了，可是很奇怪呢，雖然沒有眞正見過面，可是卻完全不會對媽媽感到陌生，反而覺得她一定是一個溫柔的人。」

花忍冬也不清楚自己怎麼會有這種想法，但當幼小的他看到母親相片的第一眼，這樣的念頭就深深地烙在了心裡。

雖然他不只一次想過，如果可以再見上一面就好了，但花忍冬也知道，這是永遠無法達成的心願，生者與死者的距離實在太過遙遠了。

他眷戀地輕輕觸碰相片，眉眼沾著一抹柔軟。

不過歐陽明的心思顯然不夠細膩，並沒有注意到好友已經陷入了回憶，在瞧了照片中女子半晌之後，反倒做出了讓人啼笑皆非的結論。

「花花，幸好你長得像媽媽。」

「是啊。」花忍冬倒是不否定這句話，他摸摸自己的臉，感嘆地說道，「當初村裡的人都說他們是美女與野獸的組合呢。能遺傳到老媽的基因實在太好了。」

「不過，花花。」葉心恬翻著相本，漫不經心地說道，「林綾好像喜歡粗獷型的耶？」

「咦咦咦咦！」

三道驚詫的嗓音重疊在一塊，其中又以花忍冬的聲音拔得最高。

「小葉妳是騙人家的吧！林綾她怎麼可能喜歡粗獷型的男人？那種像猩猩的傢伙哪裡好！」一雙狐狸眼由細瞪大，花忍冬雙手拍在相本上，氣勢驚人地逼問。

「花花。」歐陽明扯了扯好友的袖子，「你這樣罵到你爸了耶。」

「那個不重要啦。」花忍冬飛快回了一句，隨即又將視線鎖緊葉心恬，「小葉，是不是有誰看上了林綾？啊！該不會是妳哥哥吧？其實他眞正愛的還是皮膚白皙戴著眼鏡氣質知性的十六歲女高中生對不對？」

花忍冬連氣也沒換一下，劈里啪啦地就是連串質問。

夏春秋愣愣地張著嘴，覺得花忍冬最後一句描述的女性形象實在太過鮮明了。

面對氣勢驚人的花忍冬，葉心恬也愣了一下，但很快地，她就挺起胸膛、抬高下巴，揚聲說道，「你在說什麼傻話啊？我哥的性向你又不是不清楚，他跟林綾不可能來電的。」

葉心恬的兄長，葉瑞，是一名外表看似精明幹練，但實則笨手笨腳的男人。因爲向家裡公開出櫃的關係，所以平常很少回家。不過在夏春秋一行拜訪葉心恬所居住的紫晶村時，他恰好回到村子裡，一夥人才結下了不解之緣。

看到葉心恬繃著一張俏臉反駁，花忍冬高昂的情緒頓時也冷靜了下來。

「說得也是，林綾怎麼可能會喜歡上那種個性脫線的人呢？」

「花花你敢再人身攻擊的話，我絕對饒不了你。」葉心恬揮舞著粉拳，惡聲惡氣地警告，「我可是跟林綾睡在同一間房的喔。」

「花花，葉瑞大哥不像你說的那樣啦，他人很好的耶。他都會跟我講哪裡有好吃的東西，還說以後有機會的話，想帶我去吃遍夜市。」歐陽明忍不住爲葉心恬的兄長說話。

只見葉心恬揮著的拳頭僵在半空中，花忍冬原本要說的話也卡在喉嚨，以一種古怪的眼神看向歐陽明。

「歐陽，你跟葉瑞大哥有聯絡？」夏春秋倒是沒有多想，只是純粹疑問。

歐陽明憨厚地笑了起來，「我們有交換手機號碼和LINE，還一起加入了美食之友同盟會！」

居然還交換了手機號碼和LINE……葉心恬跟花忍冬互看一眼，從彼此的眼裡看到了震驚，不知道是該讚歎葉瑞的動作眞快，還是該佩服歐陽明的遲鈍。

「欸？怎麼了嗎？」歐陽明一頭霧水地看著兩人，不知道自己說錯了什麼話。

「不，什麼都沒。」花忍冬拍拍歐陽明的肩膀，語重心長地說，「你只要繼續吃你的零食就好。」

這個小插曲過後，眾人的注意力又重新放回相冊上。只不過夏春秋在翻看了好幾本相冊之後，心裡卻有了困惑。

「花花，怎麼都沒看到你三歲前的照片？」

夏春秋之所以會這麼問，是因為相簿上的每一頁都會標明花忍冬的年齡和拍照時間。但是除了一開始的嬰兒照之外，一歲到三歲之間卻是一片空白。

「真的耶。」葉心恬又重新翻看了相冊，果然找不到三歲前的相片。

「這個嘛。」突然成為視線的焦點，花忍冬輕咳一聲，秀氣的臉孔難得覆上了嚴肅，「你們要先答應人家，絕對不能跟村裡的人提起今晚的事。」

似是被花忍冬的表情所感染，夏春秋、歐陽明、葉心恬也認真地點點頭。

「啊，不過小葉妳可以跟林綾講的，人家一點也不介意。」花忍冬又補充了一句，頓時換來葉心恬沒好氣的一眼。

「關於人家沒有一歲到三歲的相片這件事，其實人家也是偷偷聽來的。」花忍冬半瞇起了眼，像是陷入回憶中。

那時候的自己已經七歲了，因為犯了錯而被繼母嚴厲地責罵一番，委屈的他就躲到電視櫃裡頭偷哭，結果不小心哭到睡著了。等他醒來時，就聽到外頭傳來繼母與康所長，還有向陽民宿老闆談話的聲音。

談話的內容，是他一歲時遭遇的事。

「聽老媽的說法，她把才一歲的人家放在搖籃裡，就先到廚房裡煮晚餐。結果煮完飯回到房間之後，人家就消失了。」

「消、消失？」夏春秋愣然地瞪大眼，「該不會是……有人偷偷把你抱走？」

「是綁票吧？想要向你父母勒索大筆贖金？」葉心恬自然而然往這方面想，不然實在無法解釋誰會突然抱走一個小嬰兒。

「不是唷。」花忍冬搖搖手指，神祕莫測地說，「人家可是整整消失了兩年呢。」

「兩年？」歐陽明不敢置信地張大嘴，洋芋片拿在手裡，遲遲沒有咬下去。

「嗯嗯。在人家消失兩年後的某一天，有村人上山砍柴，結果在神明大人的槐樹前發現了昏迷不醒的人家。唔，聽說人家的這種情況叫作——」

花忍冬看著屏氣凝神的三名好友，壓低音量吐出兩個字。

「神隱。」

房內頓時陷入一片死寂，夏春秋、葉心恬、歐陽明愣愣盯著花忍冬，一時反應不過來。

身爲當事人的花忍冬倒是一臉不在意，「哎，別露出這種表情嘛，人家不是還好端端地在這裡？而且託神明大人的福，人家的身體才可以那麼健康呢，體力也變得非常好。」

「……根本是好過頭了吧。」歐陽明小小聲地說，將洋芋片塞進嘴裡，喀滋喀滋咬了起來。

「原來神明大人也是會失誤的。」葉心恬雙手環胸，難得以嚴肅的口吻說出這句話。

現場只有夏春秋一臉誠摯地說道，「花花，你可以平安回來眞是太好了。」

聽聽，只有這句才像是人話。花忍冬暗暗給了歐陽明與葉心恬各一記白眼。

當花忍冬等人在翻看相冊的時候，幾乎總是與葉心恬同進同出的林綾，卻意外地出現在左家雙子的房間裡。

左易戴著耳機，懶洋洋地躺在榻榻米上聽音樂，姿勢雖然隨意，卻又帶著一股狂妄。那雙狹細的眼是閉起的，並沒有參與左容與林綾的對話。

林綾優雅的坐姿就像是蓮花開綻，而對面的左容則讓人聯想到一柄未開鋒的強刃，含蓄內斂，卻又蘊藏力量。

搭起兩名少女共通話題的，是發生在夏蘿身上的事。

雖然夏蘿倔強地說著「自己是因爲中途脫隊，偷跑到槐山，才會不小心跌進坑洞裡」，但是這裡頭卻藏著疑點。

「小蘿不可能主動跑去槐山的。」左容直接推翻了這個說詞，「左易說過，小蘿的體質比較敏感，遇到不好的東西會頭痛不舒服。」

這件事林綾倒是第一次聽說。她有些驚訝地輕揚秀眉，看了眼角落裡的左易。

「小夏知道嗎？」林綾輕問，但隨即又搖了搖頭，「不，他如果知道的話，就不會以爲小蘿只是中暑了。」

左容沉默，算是間接地認同這件事。

「我私下問過阿姨了。」林綾所指的，自然是許慧馨，「她發現小蘿的地方已經偏離了小路，一般人根本不會跑到那邊……嗯，姑且不論阿姨怎麼會到那個地方。以小蘿的個性，她不太可能在明知會迷路的情況下四處亂跑。」

左容點點頭。綜合上述兩個疑點，她完全不相信夏蘿的說詞。但夏蘿爲什麼要說謊呢？

「有誰，讓她不得不說謊嗎？」林綾柔軟似水的眸子滑過一抹精光，「把她帶回民宿的那位阿姨？小蘿認識的新朋友？還是……宮芊凝？」

這同時也是左容百思不得其解的地方。

卻沒想到看似專心聽音樂的左易卻突地張開眼，聲音冰冷地介入話題。

「管他是誰，敢對小不點動手的人，老子第一個宰了他。」明明是不帶感情的聲音，卻又讓人想到了悶燒中的火焰。

「我想也是。」左容神色平靜地說，「明天春秋去接小蘿的時候，你也跟著去吧。」

「嗯。」左易簡短地回了一個字，又繼續閉上眼睛。

接著，林綾像是想到什麼事一般，從口袋裡拿出一張摺疊方正的紙遞給左容，「這是我向楊阿姨借來看的。」

左容將紙張攤開，一幅彩色的全身照頓時映入眼裡。相片中是一名穿著白洋裝、髮長及背的可愛小女孩。

「這是許阿姨的女兒。」林綾輕緩地開口，「我對這件事有點在意，也許明天有空的時候會去查看看吧。」

左容一言不發地看著相片中的小女孩，她瞬間的沉默讓林綾面露不解。

「怎麼了嗎？相片有什麼不對勁？」

「只是覺得她穿的那雙鞋子有些眼熟。」左容將單子還給林綾，「我在公園裡看到一雙與它相似的鞋子，不過顏色是紅色的。」

是夜，萬籟俱寂，但二樓的一間房裡卻不時傳出陣陣窸窣聲。仔細一聽，才發現是有人不斷在床墊上翻來覆去，像是在猶豫是否要從被窩裡爬出來。

最後，實在敵不過想要上廁所的欲望，歐陽明終於撐開了原本就細小的瞇瞇眼，不甘願地打了個大大的呵欠坐起來。

只是才坐起沒幾秒，他又砰地倒了回去，瞬間製造出來的聲響似乎驚動了睡在他旁邊的花忍冬。

相貌秀氣、有著一雙狐狸眼的少年翻了個身，掀開一隻眼睛瞄了瞄歐陽明，隨即含糊不清地咕噥幾句，不外乎是「歐陽你吵什麼」、「再不睡覺人家就直接把你打昏」之類。

原本還垂死掙扎的歐陽明聽見最後一句話，不禁打了一個激靈，原本濃厚到讓他險些睜不開眼的睡意倏地少了大半。

他緊張兮兮地看了眼同寢的室友，躡手躡腳地走到門前，小心翼翼地拉開一條縫，然後又轉過頭，確定花忍冬並沒有被吵醒後，才將拉門繼續往旁邊推。

穿上放在門外的室內拖鞋，歐陽明努力將腳步聲壓到最低。畢竟除了花忍冬，他並沒有忘記二樓還住著一個名爲左易的可怕生物。那簡直就是披著人皮的凶器了啊！聽說左易的起床氣超嚴重，如果不小心被吵醒，會抓過身邊的東西往人砸。

想了想那幅畫面，歐陽明只覺得後頸發涼，就見他發揮潛力，以不符合圓胖身子的靈活速度接近樓梯口，成功輕巧經過了左易所在的房間。

二樓的廁所就在樓梯口左側，歐陽明輕手輕腳地推門而入，所有動作都是謹慎到不能再謹慎。

上完廁所後，他往回走的腳步忽然一頓，覺得嘴巴有些發乾。猶豫了下，還是改變方向，往一樓邁進。

由於楊紓與宮芊凝的房間在一樓，歐陽明把下樓梯的聲音放到最輕，連電燈也沒有開，就怕突來的光線會把兩人驚醒。

他摸黑走進廚房，藉由窗外月光勉強能辨認出水壺與杯子的位置，替自己倒了一杯水。

喝到一半時，歐陽明拿著杯子的動作突然一頓，狐疑地豎起耳朵。好像……有嘩啦嘩啦的聲音傳來。

不是錯覺，是眞的有聲音，而且越來越響，整片連在一起，瞬間竟成了啪啪啪的聲響。

那聲音規律而清晰，仔細一聽，彷彿有誰在拍著手。

啪啪——啪啪——啪啪——啪啪——啪啪——啪啪——

歐陽明握著杯子的手有點抖，他緊張地嚥了嚥口水，慢慢轉過身。很好，後方並沒有看到任何身影。

但是，就算歐陽明確認後方不見一人，那陣如同拍手的聲音仍連綿不絕地迴響在耳邊。

啪啪——啪啪——啪啪——啪啪——啪啪——

歐陽明哆嗦地將杯子放在流理台上，深怕自己手抖得太厲害，不小心摔了杯子。

明明是夏天的夜晚，他卻覺得背後湧上一片涼意。

聲音是在……左邊，不對。右邊……也不是。

歐陽明僵硬地移動視線，瞪著緊閉的廚房後門，試探性地往那個方向走幾步，然後驚恐地發現，越是往前走，啪啪的聲響越發明顯！

「說、說不定是有人在玩拍手遊戲……」歐陽明安慰著自己，但話一出口，連自己都發毛了。

誰會在大半夜不停拍手？歐陽明一張圓臉都快刷成慘白色。明明害怕到連膝蓋都在抖，但心裡卻又有個聲音催促他查明聲音源頭。

歐陽明緊張的視線就像要把門板釘穿似的，兩個選擇放在眼前，是打開門，或是轉頭往樓上走，假裝什麼事都沒發生？

歐陽明的雙手捏起又鬆開，掌心覆上了一層薄汗。一番掙扎後，他深呼吸一口氣，壯士斷腕般地握住門把，抱持著一有不對勁就先尖叫的念頭，豁出去地打開後門。

咿——呀——深夜中被放大無數倍的開門聲劃出一道又尖又細的尾音，歐陽明被這聲音嚇得縮起肩膀，一陣強勁的夜風卻也同時襲來，吹得他雞皮疙瘩都浮起來了，反射性搓了搓雙臂。

「咿——好冷！好冷！」歐陽明反射性關上後門，但隨即又意識到這樣不就看不見後院的景象了？連忙又把門往外推一些，留下一道足以看清外頭的縫隙。

從門縫望出去，淺銀的月光傾洩而下，將後院景物映照得一片朦朧；而坐落在屋子後方的一排高大楊樹，正被略強的夜風吹得枝葉搖動。

卵圓形的葉片相互摩擦，先是發出了嘩啦啦的聲響，然後那些聲音又連成一片，聽起來就像是有人在啪啪啪地拍著手。

「原來是樹葉的聲音啊，總不可能有人躲在樹上吧。」歐陽明鬆了一口氣，覺得自己開門查看的舉動是正確的，至少今晚睡覺時不會胡思亂想了。

他拍拍胸口，正準備關上後門時，一片暗綠的楊樹葉裡卻有一截白吸引了他的注意。就是這瞬間的好奇心，讓歐陽明忍不住抬起頭，張大眼睛，想要看清楚那是什麼。但當他定睛一看，圓胖的身子頓時抖得如同秋風裡的落葉。

倒映在歐陽明眼中的那抹白色，如同月光一般蒼白，如此怵目驚心。

那是一雙屬於人類的腳，十趾圓潤，但指甲卻是詭異的蒼藍色。

隨著細白的雙腳慢慢從枝葉中探出來，周邊也開始燃出一團團藍色磷火。幽幽的光芒搖曳著，襯得那雙腳格外妖異。

歐陽明的牙齒格格打顫，當一個人驚恐到極點的時候，是連尖叫也發不出的，所有聲音哽在喉嚨中，只餘微弱的氣聲溢出嘴巴。

那是……什麼？歐陽明瞪著從楊樹枝葉中露出的腳趾、腳踝、小腿，大腦一片混亂。

那情景，就像是楊樹上藏著一個人！

巨大的恐懼讓歐陽明幾乎無法呼吸，他張著嘴巴，發出了幾聲抽氣般的聲音後，終於從被嚇壞的狀態回過神來，再也不敢瞧向那排楊樹，手忙腳亂地關上後門。

他往前跑了幾步後發現自己忘了上鎖，趕緊又衝回去扣上門鎖，這才踩著又急又慌的步伐衝上二樓，直奔花忍冬身邊。

「花花醒來，你快醒來啊！」他抓著花忍冬的肩膀就是一陣猛搖。

「什麼事……人家很想睡耶……」花忍冬發出含糊的咕噥，眉毛都皺了起來。

「院子、院子……」歐陽明結結巴巴地開口，還不忘繼續搖著花忍冬的肩膀，「你們家的院子有那個！」

「那個是哪個？」被搖得不耐煩了，花忍冬不情不願地睜開眼。

「就是……」歐陽明嚥了嚥口水，小小聲地說，「阿飄。」

花忍冬先是一怔，下一秒才反應過來地瞪大眼，一骨碌坐起來猛地揪住他的衣領。

「歐陽你不要亂說話喔，人家在這裡住了十幾年，可是什麼都沒碰過。你是不是睡昏頭，把那些楊樹看成了阿飄？」

「不，我……」歐陽明揮著雙手，著急地想要解釋，偏偏花忍冬的手勁太大，讓他一口氣差點喘不過來。

還好在歐陽明快要喘不過氣之前，花忍冬終於鬆開他的衣領，不過卻反倒拽住對方的手腕，硬是扯著他往房外走。

「走，咱們現在就去後院。」

一想到要再回到一樓，歐陽明覺得膝蓋都有些軟了。可是看見花忍冬遞來一記警告的眼神，他立即一句話都不敢說，乖乖跟著花忍冬重新回到事發地點。

畏縮地站在廚房後門前，歐陽明的手握在門把上，就是沒有勇氣轉下去，最後是花忍冬看不下去，將他推往一邊，乾脆俐落地開了門。

一陣冷涼的夜風無預警灌進來，楊樹枝葉相互摩挲發出的啪沙啪沙聲也清晰地在後院裡響起。與此同時，花忍冬與歐陽明還聽見如同鳥類振翅而飛的翅膀拍打聲，卻是誰也沒有抬頭往上看，只以爲是他們開門的動作驚到了鳥兒。

「你是在哪裡看到那個的？」花忍冬瞇起眼，視線在那排枝葉茂密的楊樹上來回游移。

歐陽明緊張地從花忍冬背後探出頭，顫顫地比向其中一棵楊樹。

「我……我就是在樹那邊看到有一雙腳，很白。可指甲卻是藍的，還有鬼火在飄……」

「鬼火？」

花忍冬越聽越覺可疑，大步走進後院裡仔細巡視一圈，卻什麼異狀也沒發現。

「歐陽，你確定你不是在作夢嗎？人家什麼也沒看到啊。」

「咦？可是我——」歐陽明訝異地從屋裡走出來，也跟著站在花忍冬旁邊，提心吊膽地往楊樹那裡一看。

一片綠色之中，沒有鬼火，沒有從樹上垂下來的蒼白雙腳。

「啊，人家知道了。」花忍冬輕拍了下手，「你一定是被楊樹的聲音嚇到後就開始疑神疑鬼了，對吧？」

歐陽明努力回想著先前在廚房的記憶，他記得，他的確是先聽到像是拍手的聲音，似乎還自言自語了一句「原來是樹葉的聲音啊，總不可能有人躲在樹上吧」，該不會……是他給自己下了心理暗示？

「也難怪你會被嚇到。楊樹被風吹動時發出的聲音，是不是很像拍手聲？聽老一輩的人說，那個叫作鬼拍手。」瞧歐陽明先是糾結，然後恍然大悟的表情，花忍冬拍拍他的肩膀。

「咿——鬼！」聽到敏感字眼的歐陽明頓時緊張地東張西望，就怕突然跑出什麼來。

「哎，那只是一種描述，不用當眞啦。咱們家的後院保證沒問題的，人家都住了那麼久。」花忍冬邊解釋，邊拖著歐陽明走到楊樹底下，讓他看清楚樹上除了葉子還是葉子。

歐陽明安心是安心了，可是一絲疑慮卻又忍不住從心底冒出來。

他以前聽阿公說過，凡會造成任何與鬼相關傳言的樹木，一般不會種在住家的院子裡，那樣容易陰氣重。

可是，花花他們家的後院卻種了一排楊樹……

同樣深沉安靜的夜，夏蘿卻睡得不是很安穩——並不是她會認床或枕頭的問題，許慧馨的懷抱很溫暖，讓她懷念起很久很久以前，自己也曾這樣窩在母親的懷裡。

今晚的風比前幾日來得強一些，由於兩扇外推窗是打開的，所以懸掛在兩側的窗簾被吹得啪沙作響。

或許是這幾日一直在外頭奔波找人，許慧馨累壞了，今晚睡得特別沉，連窗簾翻飛的聲音都沒有驚醒她。

夏蘿咬著下唇，忍不住往窗戶那邊看過去，幽暗的夜色裡，敞開的窗子看起來像極了大張的嘴，又像是一個黑黝黝的洞，彷彿會跑出什麼來。

隱隱約約，還聽得到鳥兒振翅的聲響傳來。

夏蘿反射性把被子拉高，將小腦袋埋進被窩裡，以爲看不到就不會胡思亂想，殊不知這樣做反而讓她更會去注意外頭動靜，風聲與窗簾翻飛的聲音吵得她無法安心閉上眼睛。

夏蘿躊躇了半晌，最後還是掀開被下床，赤著腳走到窗戶邊，想要把窗戶關上。

只是夏蘿才剛踮起腳尖，正準備將窗戶關起來時，卻注意到那如同鳥兒拍打著翅膀的聲音似乎更加明顯了。

好奇怪……夏蘿心底不禁浮現困惑。是貓頭鷹嗎？她猶豫地朝外探頭一看。

白天時極爲熱鬧的商店街，入夜之後安靜得針落可聞。所有店家的鐵門都是拉下來的，也沒有看到哪扇窗子這時仍亮著燈。

夏蘿困惑地左右張望，卻還是什麼也沒瞧見，只好將方才聽見的聲音當作錯覺。

她正關窗時，視線卻突然被街角驟然亮起的光吸引了過去。

一開始只是一點點藍色火苗，接著火苗逐漸變大，變成了一團團閃爍著蒼藍色澤的美麗火焰，幽幽地飄浮在空無一人的街道上。

夏蘿驚恐地瞪大眼，反射性伸手捂住嘴，身子迅速蹲下，只露出一雙眼睛偷窺著街上。然後，夏蘿看見了，在藍色火焰的簇擁下，一抹纖細蒼白的身影慢慢從店舖屋簷下走出來。淺銀的月光與蒼藍的火光，將她的皮膚映照出一層可怕的慘白。

夏蘿更加用力地捂緊嘴巴，就怕自己會因爲太害怕而發出尖叫。

那名披散著長長黑髮的女子是赤著腳的，白皙的腳掌無聲地踩在路上，但是讓夏蘿心生恐懼的，卻是女子的雙臂……

不，那甚至不能說是手臂，因爲連接在肩膀兩側的是一雙覆著藍色羽毛的翅膀。

不管是搖曳在空中的蒼藍火焰也好，或是垂立在女子身側的翅膀，那已經無法稱之爲人了吧？

夏蘿身體抖得厲害，一張小臉也變得越發慘白。她站起身、慌張地伸出手，一摸索到窗戶把手，就使勁地將剩下的那扇外推窗關起來。

窗戶與窗框密合的聲響彷彿天籟之音，夏蘿只覺得雙腿一軟，全身的力氣像被抽光似地滑坐在地。

「不怕……夏蘿不怕……」她按著胸口，小小聲地對自己說道，好不容易紊亂的呼吸平順下來後，她才驚覺自己後背出了一身冷汗。

應該沒有被發現吧？夏蘿緊張地想，小心翼翼地從地板上爬起來，想要確認一下先前那幕是不是自己的幻覺。

然而當她一撐起上半身，小腦袋才剛探出，卻猛地直接與玻璃窗外的蒼白臉龐對上視線。

那是一張無血色的女性臉孔，鑲在上面的綠色眸子看不見眼白、眼珠，卻是扭曲且愉悅地直視夏蘿。

夏蘿驚駭地張著小嘴，聲音卡在喉嚨中，只能發出破碎的嘶氣聲。

可怕的寒意從腳底板一路竄到後頸，冷得讓她連指尖都不住顫抖了起來，但她還是哆嗦地抓住窗簾，將它們迅速往中間拉攏，阻擋了窗戶外的窺探視線。

那個女人、那個女人……

恐懼與不敢置信這兩種情緒相互衝擊著夏蘿，她緊緊抓住衣領，只覺得一口氣忽然提不上來，身子搖晃了幾下。

嬌小的身子如同斷線木偶般摔倒在地，被無邊無際的黑暗吞噬意識前，最後殘留在夏蘿腦海裡的，是那張不該出現在此的蒼白容貌。

第六章

隨著太陽越升越高，天空也從朦朧的魚肚白轉變為亮藍色，原本還沉浸在夢鄉裡的夏春秋就像是被陽光吵醒般，有些抗拒地伸手覆住眼睛，想要再讓自己的意識落回黑甜鄉。

但手機鬧鈴卻如同跟他作對般，在這個時候響徹房間，夏春秋含糊地呻吟一聲，終於把壓在眼皮上的手放下來，想要將響個不停的鬧鈴關掉。

只是左摸右摸就是摸不到手機，夏春秋不得不從被窩裡鑽出來，瞇著一雙惺忪的眼四處尋找。

好半晌，才發現手機跑到枕頭下了。

這番折騰讓神智也變得清醒過來，夏春秋揉了揉眼，習慣性先往旁邊看去，卻發現床墊上空蕩蕩的，不見夏蘿的蹤影。

小蘿呢？夏春秋先是慌了一下，但很快地，回籠的記憶讓他想起妹妹昨晚並沒有與他一塊回到花家，而是留在向陽民宿裡。

不知道小蘿睡得好不好，有沒有踢被子？即使才剛起床，夏春秋的腦海裡仍不自禁地轉著關於夏蘿的事情。

直到他終於洗漱完畢，才發現二樓實在太安靜了。

他又豎耳傾聽一下，不，不是完全的安靜，隱約還可以聽到誰的打呼聲，因為間隔的時間有點兒長，不細聽還真不會注意。

花家二樓共有三間客房、一間主臥，都是拉門設計、地板上鋪著榻榻米的房型。夏家兄妹一間，林綾、葉心恬一間，左家雙子一間，而歐陽明自然是與花忍冬睡在主臥室——也就是花忍冬原本的房間。

夏春秋悄悄貼著房門傾聽一會兒，只是想確認有誰起床了、誰還在睡，卻沒想到除了自己，同學們都還沉浸在夢鄉裡。

這讓夏春秋感到歉疚，昨天花忍冬他們忙完祭典的事情之後，又幫著在外面尋找夏蘿，一整日奔波下來，會累也是理所當然的。

他輕手輕腳地折回房裡拿了手機，決定趁這段時間先過去向陽民宿那邊看看妹妹的狀況。

下樓時可以聽到晨間新聞女主播字正腔圓的聲音在客廳裡響起，但看電視的那人似乎不感興趣，很快就轉到其他頻道了。

夏春秋原本猜測在客廳的人是楊紓，但在聽到輪椅滑動的聲音後，答案便不言而喻。

「早安，小夏。」宮芊凝溫柔地與他打著招呼。

「早安，芊凝姊。」夏春秋回以一個禮貌又靦腆的笑容，左右看了看，卻沒有發現楊紓的蹤影，「阿姨呢？怎麼沒看到她？」

「我媽去活動中心教舞了。」

「教舞？」夏春秋有些疑惑地問。

「就是祭典晚上要跳的酬神舞。」宮芊凝掩著嘴角，輕輕笑了笑，「你到時候跟小葉和林綾她們提一下，如果她們兩人有興趣，可以去活動中心看看。」

「好的，我會……」夏春秋的話還沒說完，就被突然響起的手機鈴聲截斷了。

這個時間點打過來的人，該不會是小蘿？他忙不迭拿出手機一看，螢幕上顯示的是一串陌生的號碼。

夏春秋按下了通話鍵，連「喂？」都還沒問出口，手機另一端已經先一步傳來許慧馨的聲音，並且透著焦急。

「怎麼了？」宮芊凝看見夏春秋臉色瞬間變了，關心地問道，「發生什麼事了？」

「是許阿姨打來的，她說小蘿在發燒。」夏春秋憂心忡忡地說，一邊將手機放進口袋，一邊就要轉身往大門走。

但是宮芊凝卻忽然抓住他的衣角，突如其來的拉力讓他不得不停下腳步。

「芊凝姊？」

「小夏，可不可以帶我一塊去？我也很擔心小蘿。」宮芊凝柔聲懇求，那雙美麗的眸子寫滿了眞誠。

「我……」夏春秋心裡有些掙扎。他想盡早趕到民宿去，如果帶上宮芊凝，速度自然就會慢下來。

「沒關係，你還是先過去吧。」似乎是瞧出他的遲疑，宮芊凝神色黯然地開口，「我知道自己是個累贅，你不想帶我一起走也是正常的，只是我……眞的很擔心小蘿。」

「不是這樣的。」夏春秋不忍對方露出自我厭惡的表情，猶豫了下之後，還是決定帶她出門。

一路上，爲了避免顚簸，夏春秋的速度不能太快，還得不時注意路面上的小石子。偏偏自他們離開花家後，村人如果看到宮芊凝，大都會過來打聲招呼，或是熱絡地和宮芊凝聊上幾句，讓原本只要五分鐘的路程頓時又被拉長了幾倍。

夏春秋雖然心下焦急，但又不好出聲催促，在等待幾人寒暄的時間裡，頻頻往商店街的方向看過去。

「眞的很抱歉，小夏。」宮芊凝滿懷歉疚地說，「如果不是我任性地說想要去看小蘿，你就可以早一點趕過去了。」

「這也不是芊凝姊的錯。」夏春秋連忙搖頭。畢竟對方是出於關心，才會即使行動不便也要提出帶她過去的要求。

「那就好，我實在很怕小夏會因爲這件事討厭我。」宮芊凝露出鬆了口氣的表情，對著他溫柔地笑了一下。利用纖長睫毛撲搧之際，掩去眼裡一抹若有似無的嘲諷。

夏春秋焦慮卻又強自忍耐的模樣，讓她看了打從心底覺得愉快極了。再更著急一點，更不安一點吧。

宮芊凝低下頭，恰到好處地遮掩了臉上的愉悅笑容。

約莫二十分鐘左右，兩人終於抵達商店街上的向陽民宿。夏春秋心下一鬆，連忙推著宮芊凝的輪椅從無障礙坡道上去。

才剛進前廳，許慧馨與林老闆就立即迎了上來，顯然他們在這邊已經等了一會兒。

「阿姨，小蘿還好嗎？」夏春秋當下便鬆開輪椅，急急詢問起許慧馨。

「芊凝，妳怎麼也來了？」林老闆詫異地看向另一人。

「我聽說小蘿發燒了，所以想過來看看。」宮芊凝自己推著手推輪，一邊回應著林老闆，一邊漫不經心地四處張望。

夏蘿就坐在沙發上，看見兄長出現後，她立即放下手裡的馬克杯，如同乳燕歸巢般撲向了朝她走過來的夏春秋，兩隻小手環住他的腰，仰著一張面無表情的小臉蛋，一雙黑色還帶了點水氣的大眼睛直瞅著他。

「哥哥。」

「小蘿還好嗎？」夏春秋摸了摸夏蘿的額頭，測到比平時體溫還要來得高一些的熱度，臉上的憂色頓時變得更重了。

「阿姨有找醫生過來，夏蘿有吃藥。」

「有給醫生看過就好。」夏春秋這才鬆了口氣。

「小蘿，妳這兩天又是中暑又是發燒的，讓大家都好擔心。」宮芊凝推著輪椅過來，語帶關切，然而優雅的語氣中卻隱隱含著一根刺。

「夏蘿沒事。」

即使昨天遭遇了那樣的事，夏蘿還是不退不避地迎上宮芊凝的視線，那彷彿看透一切的目光讓宮芊凝感到不太愉快，但她還是巧妙地掩飾了眼底的厭惡，臉上維持著溫煦的笑容。

「春秋，實在很不好意思，讓你特地趕過來。」許慧馨歉疚地說，「我半夜醒來時，發現夏蘿倒在地上……」

「倒、倒在地上？」夏春秋驚慌得將夏蘿摟得更緊，「怎麼了，爲什麼小蘿會……」

「夏蘿只是夢遊而已。」夏蘿溫馴地待在兄長懷中，沒有人注意到她抓著夏春秋衣襬的手指一緊。

「夢遊？」夏春秋卻無法以平常心看待這件事。妹妹明明不會夢遊，是不是又遇到什麼怪事？

他忙不迭扳住夏蘿的肩膀，想要讓她抬起頭來，自己好可以看清楚她的表情，然而夏蘿反倒把整張小臉都埋起來了，只有稚氣的聲音悶悶地傳出。

「嗯，夢遊了，哥哥不要擔心。」

「還好小蘿夢遊的程度不嚴重，沒有跑出房間。」林老闆自然而然採信了夏蘿的說詞。

他昨晚聽到二樓傳來的騷動後就匆匆趕上去，卻發現許慧馨跪坐在地板上，著急地輕晃著夏蘿的肩膀。

他一開始也嚇到了，還以爲夏蘿出了什麼意外，沒想到黑髮白膚的小女孩隨即張開眼，以軟軟的聲音安撫他們，說她只是夢遊了。

「可能是因爲在地上睡了一段時間，著了涼，所以才發燒的。」許慧馨只要一想起昨晚看到夏蘿倒在地上的畫面，就心有餘悸，「不過我眞的被嚇到了。」

「對不起，夏蘿不是故意的。」夏蘿從夏春秋懷裡露出臉，看向站在後方的兩位大人。

「小蘿不用在意啊。」林老闆親切地擺擺手。

「既然春秋你都來了，那就把小蘿先帶回去吧。她雖然沒說，但看得出來很想你呢。」

許慧馨溫柔地注視著夏蘿，在對方也向她露出一個小小的笑花時，一顆心都要融化了。

但隨即她就像是想到什麼，吩咐夏春秋稍等一下。

「小蘿的衣服還晾在後院裡，我先去收起來。」

「好啦，你們兩個也別站著，坐下來等吧。」林老闆招呼兩兄妹坐下來，替夏春秋與宮芊凝各倒了一杯茶。

宮芊凝噙著淺淺的微笑，安靜地聽著夏春秋與林老闆的交談，但注視夏蘿的那雙眼睛裡卻看不見絲毫笑意。

一會兒之後，許慧馨又回到前廳，她手裡雖然拿著夏蘿的洋裝，只是糾結的表情卻透著一抹匪夷所思。

「怎麼了？」林老闆狐疑地問道。

「衣服……」許慧馨嘆了口氣，將手裡的洋裝攤開在桌上。照理說，那件洋裝她昨晚已刷得乾乾淨淨了，但此時潔白的衣襟處竟沾了一灘暗紅，估計是某種液體滴在上頭，然後慢慢乾涸所造成。

「不好意思喔，小蘿，妳的衣服不知道被什麼東西弄髒了。」許慧馨歉意地說。

「沒關係。」夏蘿搖搖頭。

自始至終，宮芊凝的視線並未放在被弄髒的衣襟上，她只是微笑地冷眼旁觀。

「不過……這到底是什麼？怎麼會沾在衣服上？」林老闆推了推老花眼鏡，滿臉不解。

「傷腦筋，我等等再洗一次好了。女孩子的衣服沾到了東西總是不好。」許慧馨正準備將衣服疊起來時，夏春秋連忙搖搖手，婉拒了她的好意。

「阿姨，不用麻煩了，我拿回去洗就好了。」

「這樣啊……」許慧馨看看手裡的洋裝，又看向夏春秋，最後有些惋惜地遞出洋裝。瞧見她眼底的失落，夏春秋收下衣服後思索了一下，接著真誠地開口，「阿姨，我跟小蘿明天會再過來的。小蘿身上的衣服也得洗乾淨再還給妳。」

夏蘿也跟著點點頭。

許慧馨心中一暖，正準備開口時，卻聽見一陣急促的腳步聲響起，下一秒，就見康所長大步走了進來。

似乎沒料到前廳裡有好幾個人在，甚至連宮芊凝也在場，康所長那張粗獷的臉孔上頓時泛現了驚訝。

「所長，找到莉莉了嗎？」許慧馨一看到他，眉眼間頓時湧出了焦慮。

只見這名相貌粗獷的中年男人搖了搖頭，眼底露出歉疚。

那欲言又止的表情讓許慧馨覺得全身力氣好像被抽走一般，身子突然不穩地晃了晃，幸好康所長及時察覺異狀，一把扶住她。

「阿姨！」夏春秋與夏蘿難掩焦急地喊了一聲。

「我的莉莉……」許慧馨被康所長扶到沙發坐下，臉色蒼白得可怕，彷彿所有疲憊這一刻都跑出來了。

「黃太太，眞的很抱歉。」康所長別開眼，不敢去看對方黯然的眼神。

許慧馨並沒有歇斯底里地崩潰，她只是安靜地不發一語，覺得自己最珍惜的那個世界正在慢慢潰坍。

莉莉已經失蹤三天了，如果可以向派出所的警察們大吼大叫就好了，但是她也清楚自己其實沒有資格這麼做，因爲她……

許慧馨捂住臉、閉上眼，有個聲音一直在告訴她，說出實情吧，她需要更多人幫忙尋找莉莉。但是又有另一個聲音在不斷細語，如果說出眞相，就算找回了莉莉，她們也會被迫分開的。

「黃太太，先前我們本以爲可以很快找到妳女兒，所以還沒有替妳備案，這是我的疏忽與失職。」康所長尷尬地說。

歷屆代神村派出所所長都與村民們交情極好，若是村裡出了什麼事，第一反應都是先直接帶人過去幫忙。若是可以順利解決，也就省了備案的工夫。

「如果要擴大搜索範圍並請求支援，我需要妳待會兒到派出所，跟裡面的員警提供妳與妳女兒的證明文件，好讓我們可以將資料輸入全國性失蹤人口網站。」

「證明文件？要怎樣的文件，我的身分證不行嗎？」許慧馨放下雙手，下意識挺直背脊，沒有意識到自己的語氣裡流露出一絲提防。

「戶口名簿就行了。」康所長不疑有他，「阿林，你等下陪黃太太走一趟戶政事務所吧。」

「沒問題。」林老闆一口應允。

「哥哥。」夏蘿忽地輕扯了扯夏春秋的衣角，看向他的目光裡透出請求。

「我知道了，小蘿。」夏春秋揉揉妹妹的頭髮，向康所長開口，「那個，叔叔……這次的搜、搜索，可以讓我幫忙嗎？」

康所長詫異地看向發話的少年，對方弱不禁風的模樣讓他本想開口婉拒，但轉念一想，此刻多一個人幫忙，就多一絲找到人的希望。於是不再猶豫，點頭同意了夏春秋。

然而許慧馨就像是沒聽到這段對話似的，臉上的表情變了又變，最末眼裡終於閃過一抹決心。

「康所長，既然要擴大搜索範圍，要不要再多找幾個人？我相信左容、左易一定很樂意幫忙的。」宮芊凝柔軟的聲音將所有人的注意力都拉了過來。

「左容、左易？」康所長覺得這兩個名字有些耳熟，略略回想之後，才露出恍然大悟的表情，「啊，我知道這兩人。海山說過他們手腳很俐落，在舞台的搭建上幫了不少忙。」

「芊凝姊，我、我覺得這件事還是要問過左容、左易比較好。」夏春秋委婉勸道。他們都不是當事人，沒有權利替誰做決定。

「既然如此，我們就先送小蘿回去，然後再問左容、左易好了，相信他們不會拒絕的。」宮芊凝優雅的微笑裡帶著一抹自信。

花忍冬醒來時，已是早上十點多了，睡得好又睡得飽的他自然是精神十足，一雙狐狸眼顯得神采奕奕。

只是在發現夏春秋的房間裡空無一人，就連一樓客廳廚房也沒瞧見人之後，差點以爲昨天的失蹤事件又上演了一次。

好在他沒有悶頭就往外衝，而是第一時間拿起手機確認LINE有沒有訊息，或是有沒有漏接的電話。

「花花，芊凝姊也不見了。」從院子裡走進來的葉心恬疑惑地蹙著眉，「他們會不會一起出門了？」

「應該不會吧。」花忍冬搖搖頭，畢竟他的繼姊很明顯就是對左易有好感。

然而世上顯然沒有絕對的事情，花忍冬才剛否決葉心恬的猜測，下一秒他的手機就響了起來，來電者赫然就是讓他們幾人找了好一會兒的夏春秋。

越是聽著手機裡傳出的聲音，花忍冬的表情也就變得越發微妙起來，惹得客廳裡幾個人忍不住盯著他瞧。

「怎麼了、怎麼了？是小夏嗎？」葉心恬好奇問道。

歐陽明雖然也很想表達自己的關切之意，不過昨晚沒睡好，讓他到現在還昏昏欲睡，眼皮掉下來又被他努力地撐起。

左容、左易一副整裝待發的模樣，要不是電話剛好響起，兩人說不定早已離開了花家。所有人之中，林綾是態度最沉靜的一個，秀雅的臉上帶著微笑，耐心地等著答案。

「是小夏，他跟芊凝姊一起去接小蘿，現在已經在半路上，等等就要回來了。」花忍冬一邊說明，一邊朝葉心恬遞去一個「妳猜對了」的眼神。

「宮芊凝？」左易的聲音透出一抹不快。

左容對於這個組合顯然也覺得奇怪，一向淡漠的眼裡破天荒閃過質疑。

「不會吧，眞的被我猜中了？我一直以爲芊凝姊對左易有意思呢。」葉心恬心直口快地說。

「咦？」歐陽明如同受到驚嚇般瞪圓了眼，睡意這瞬間似乎被趕跑了不少。

花忍冬有些傷腦筋地笑了笑，他瞄了瞄話題主角之一的左易，果不其然，那張俊美的臉孔頓時陰沉下來，一臉嫌惡地瞪著葉心恬。

「死三八妳給我閉嘴。」

「你這是什麼態度啊？」葉心恬也不甘示弱地瞪圓了杏眸。

「好了，小葉。」林綾溫婉勸道，「小蘿就快回來了，被她瞧見吵架的場面不太好喔。」

「左易。」左容也不贊同地搖搖頭。

有人幫忙壓制場面，花忍冬樂得不用出面負責打圓場。

「花花，外面好像有人？」歐陽明的呵欠打到一半，忽然看見有誰正走進院子裡，忍不住瞇起眼，想要看得更清楚些，只是眼皮實在不聽話，讓他老是對不準焦距。

花忍冬依言往門外一看，發現登門拜訪的是這次祭典的總幹事，連忙走出屋子迎上去。

「海山叔叔。你是要找老媽嗎？她去教舞了。」

「不是，我是來找你的。」膚色黝黑的謝海山直接說明來意，「街上也要開始掛起燈籠了，忍冬，你可以來幫忙嗎？」

「當然……」花忍冬本想應允下來的句子一頓，伸著脖子往院子門口看過去，先是瞧見一大一小兩個身影牽著手走進來，更後面一些則是坐在輪椅上的宮芊凝，康所長正幫忙她推輪椅。

謝海山察覺到他的視線，回頭一看，眼底頓時流露詫異，「芊凝那丫頭怎跑出去了……咦？連老康也來了？」

「海山叔叔，別站在大太陽底下講話，有什麼事我們進屋裡說吧。」宮芊凝溫和地說。

「哈哈，我皮粗肉厚，多曬一點太陽沒關係啦。老康，你先把芊凝帶進去比較好。」謝海山婉拒了宮芊凝的好意，反倒催促康所長先將她送進屋裡。

「芊凝姊。」輪椅經過身邊時，花忍冬笑咪咪地與她打了聲招呼。

宮芊凝也同樣回以一個禮貌的微笑。

謝海山與康所長對兩人的互動不以爲意，反倒是夏春秋忍不住多看了幾眼，總覺得他們彼此間客氣得不像是家人。

但這畢竟是別人家的家務事，他也不好說什麼。

許是察覺到夏春秋的視線，花忍冬安撫地向他眨眨眼，要他別介意，隨即對夏蘿張開雙手，一把將嬌小的身子抱進懷裡。

「小蘿，有沒有想忍冬哥哥啊？」

「嗯，夏蘿有事要跟忍冬哥哥說。」夏蘿也回抱了花忍冬一下，不只語氣認眞，就連小臉蛋上也露出了嚴肅的神情。

「什麼事呢？」花忍冬的好奇心被吊了起來，下一秒卻忽然覺得後衣領一緊，一回頭就看見左易正對著自己扯出一抹皮笑肉不笑的猙獰表情。

「哎呀呀，騎士出來了。」花忍冬放開夏蘿，雙手高舉，做出了一個投降的姿勢，並且毫不意外地看到與左易一塊出現的還有左容，不過那雙細長的眼所關注的是另一個人。

「康所長，這兩位就是左容、左易了。」宮芊凝讓康所長停下輪椅，指著兩人說道。

被指名的左家雙子彷彿沒聽見，看也不看宮芊凝一眼。

葉心恬、歐陽明、林綾一出來就剛好聽見這句話，先是看了左容、左易一眼，接著又看向花忍冬。

花忍冬聳聳肩，表示他也不清楚。

「是、是這樣的。」夏春秋瞧見現場陷入一股微妙氣氛中，連忙打著圓場，「因爲許阿姨的女兒到現在還沒找到，康所長說今天要擴大搜索範圍，所、所以想問一下左容、左易可以幫忙嗎？」

「春秋有要參加搜索嗎？」

左容問出這個問題時，花忍冬等人非但不覺得奇怪，反倒覺得很有她的風格。

看到夏春秋點頭後，左容便毫不猶豫地答應下來，「那麼，也請讓我幫忙。」

左易原本不想蹚渾水的，然而一對上夏蘿寫滿企盼的大眼睛，他在心裡嘖了一聲，板著一張臉答應加入搜索行列。

宮芊凝咬了咬下唇，雖然如她所料，左家雙子最後一定會參加搜索行動，但心裡仍舊不是滋味。

「老康，忍冬我已經先定下了，別跟我搶人。」注意到康所長的視線移向花忍冬，謝海山連忙跳出來阻止。

「要幫忙祭典的事嗎？那就沒辦法了。」康所長嘆了口氣，知道對祭典籌備小組來說，花忍冬的勞動力極爲重要。

「我……」歐陽明也想要奉獻一點棉薄之力，不過話還沒說完，就被花忍冬不客氣地截斷了。

「歐陽你就回房間補眠好了。你看你，一副快要睡著的樣子，別說搜索了，說不定還要別人拖著你走。」

看著歐陽明精神不濟的模樣，康所長對於花忍冬的意見深表贊同。

歐陽明有些委屈地垮下肩膀，他也不是自願睡眠不足的，只是昨晚被楊樹上的白影嚇到，只要一閉上眼，腦海裡總會自動浮現蒼藍磷火飄動的畫面，以及那雙死白到讓人毛骨悚然的雙腳。

「小蘿，等忍冬哥哥回來後，妳再跟我說剛剛要說的那件事。」花忍冬摸摸夏蘿的頭髮，並沒有因爲夏蘿年紀小，就不把她的話放在心上。

夏蘿堅定地點點頭。

葉心恬對於協助搜索一事也是躍躍欲試，只是還沒開口，康所長已做出了結論。

「因爲不確定搜索何時才會結束，耗費大量體力是少不了的，女孩子別加入比較好。」

這句話一出，花忍冬等人頓時出現一陣奇異的沉默，視線紛紛往左容看過去。

很顯然，康所長到現在還是誤把左容當成男孩子。

葉心恬本來想抗議，不過林綾卻輕輕按住她的手，對她搖了搖頭。

「好吧好吧。」葉心恬咕噥幾聲，勉為其難地放棄這個念頭。畢竟與左容相比，她的體力明顯只是半吊子。

不知不覺間，宮芊凝已經插不上話題了，她十指交握，垂下長長的睫毛，不想去看那群熱絡交談的人，那只會讓她覺得刺眼，但是那些聲音還是一字不漏地鑽進她的耳朵裡。

她聽見了夏春秋與左家雙子跟著康所長離開的腳步聲。

她聽見花忍冬笑嘻嘻地同意了謝海山的請求，還不忘邀請林綾和葉心恬與他一塊行動。

很快地，原本熱鬧的院子裡只剩下她與歐陽明、夏蘿。

這種被忽視的感覺讓宮芊凝很不愉快，她閉上眼沉澱一下情緒，再睜開時，眼神已經恢復了往昔的優雅與溫和。

「歐陽，你就先上樓休息吧，小蘿由我看著就好。」

「謝謝芊凝姊。」歐陽明憨厚地笑了一下，牽起夏蘿的小手，「不過我已經答應左易了，要負責唸睡前故事給小蘿聽。」

原來左易在離開前，看似不經意地與歐陽明擦肩而過，在其他人沒注意的時候，猛地拋下一句「不許讓那個女人接近小不點，否則宰了你」的警告，雖然不清楚左易為什麼會如此防備宮芊凝，不過歐陽明還是反射性答應了下來。

更別說夏春秋隨後也抓著他的手，懇切地拜託他幫忙照顧夏蘿，這讓歐陽明頓覺身負重任，說什麼都不能讓這兩人失望。

「夏蘿想跟歐陽哥哥在一起。」黑髮白膚的小女孩也配合地點點頭。

「這樣啊……」宮芊凝的微笑不變，但眼裡瞬間閃過了陰冷。

第七章

村子中央的廣場周邊此刻正不斷傳來村民的吆喝聲，還有梯子移動又停下的篤篤聲。在這些聲音之中，一個個紅燈籠被掛了起來，放眼望去，彷彿兩條紅色帶子在街道兩旁搖晃。

待在樹蔭下的葉心恬瞇著眼，若有所思地打量起全場中動作最俐落、效率也最好的花忍冬，隨即又轉頭看向坐在身邊的友人，對方那雙似水的眸子正漾著淺淺笑意。

「林綾，妳覺不覺得，花花今天好像表現得格外賣力？」葉心恬與她咬著耳朵。

「是嗎？」林綾神色一如既往地恬淡。

「當然。妳看，連海山叔叔都嚇到了。」葉心恬伸手比向站在大太陽底下的祭典總幹事，此刻那名膚色黝黑的中年男人正一臉呆愣地張大嘴。

花忍冬的高效率顯然讓一群大男人幾乎無用武之地，他們甚至連自己負責的紅燈籠都還來不及綁上繩子，花忍冬便已輕巧地從梯子上躍下來，以笑盈盈的眼神詢問是否還有哪裡需要幫忙。

「我本來以爲要弄很久的，沒想到那麼快就結束了啊。」葉心恬就像是覺得無趣地說道。她們才在樹下坐不到半小時，看似繁瑣的綁燈籠工作卻已快要進入收尾階段。

「工作早點完成不是很好嗎？」林綾笑著反問，「如果小葉妳覺得無聊的話，可以請花花帶我們去其他地方走走。」

「可是代神村就那麼一丁點大，還有哪裡可以逛？」葉心恬苦惱地托著下巴。這座村子比她所住的紫晶村還要小，人口也沒那麼多，才來幾天，她就快把這裡的大街小巷摸個一清二楚了。

「這就要問花花了。」林綾看向正朝她們大步走來的花忍冬。

有著一雙細長狐狸眼、面孔秀氣的少年，在發現自己成爲林綾的注視目標後，頓時覺得心跳加快不少。他忍不住咧出了有些傻氣的笑，這模樣和以往的精明狡猾可說是差了十萬八千里。

畢竟，現年十六的花忍冬正迎來了充滿粉紅色的春天。

「林綾，妳們在聊什麼？」花忍冬用手掌搧了搧風，好奇地看著兩人。

「在聊花花你待會可以帶我們去哪裡走走。」注意到他臉上滴著汗水，林綾拿出手帕，「擦一下臉吧。」

「嗯嗯，好，人家之後會買一條新手帕給妳的。」花忍冬喜不自禁地接過手帕擦臉，鼻間還可以聞到上頭清淡的香味。

葉心恬翻了個優雅的白眼，勉強壓住想要質問對方的欲望：花花，你留下林綾的手帕是想做什麼？

「去哪裡走走啊……」花忍冬一邊思索，一邊自然而然地收起手帕，隨即像是想到什麼似的，輕快地拍了下手，「對了，有個地方人家想要讓林綾看一下。」

「只有林綾？」葉心恬的眼神瞬間變得犀利起來，「花花，你該不會心裡想著我是電燈泡之類的事吧。」

「沒沒沒，人家哪敢啊！」花忍冬連忙揮手否認，「人家當然也會帶小葉一起去看看。不過妳知道，嗯，人家對林綾……所以才想特別讓林綾看一下那裡。」

花忍冬覷了眼綁著一條長辮子的清麗少女，口氣不自覺地忸怩起來，白皙的面頰上也泛起了朵朵紅雲。

因爲那語氣和表情實在太嬌羞了，葉心恬只覺得寒毛直豎，忍不住環住手臂搓了搓。

「花花要帶我們去哪裡呢？」林綾似是對於花忍冬身上散發出來的粉紅色氣息毫無所覺，拉著葉心恬站起身。

「其實啊，人家想要帶林綾去看一下老媽。」花忍冬害羞地刮刮臉頰，在看到林綾與葉心恬不解地回望他時，他立即意識到兩人誤會了，「唔，不是妳們想的那樣啦。」

「不然是哪樣？」葉心恬納悶地反問，「花花，你的母親不就是楊阿姨？」

林綾僅是思索一下，眼裡滑過一抹明白，柔聲問道：「花花，你說的不是楊阿姨，而是你的親生母親，對吧？」

「啊。」葉心恬恍然大悟地輕喊一聲，因爲楊紓對花忍冬太好了，她都忘記對方其實是花忍冬的繼母。

「林綾、小葉，妳們願意跟人家去嗎？」花忍冬彎起一雙細長眼睛，裡頭盛滿著希冀和熱切。

「這還用說嗎？」林綾雙手背在身後，踩著閒適的步伐走出樹蔭，「花花，就拜託你帶路了喔。」

花忍冬眼睛一亮，沾在眉眼的喜悅幾乎要化成實體，三步併作兩步地來到林綾身邊。

葉心恬瞅瞅林綾，又看了眼眉開眼笑的花忍冬，靈活的眼睛轉了轉，決定自己還是要貫徹電燈泡的職責。

開什麼玩笑，怎麼可以這麼簡單就將林綾交出去呢？

花忍冬渾然不知葉心恬的想法，在和謝海山打過招呼後，就帶著她們離開廣場，往村子郊外走去。

花忍冬的生母埋葬在一座雅緻小巧的墓園裡，外圍栽種著柳樹，長長的枝葉垂落，一大片綠色幾乎晃花了人的眼。

因爲花忍冬的母親姓柳，柳繡眉，爲了不忘記她，所以他的父親才特地在墓園周邊栽種柳樹。

花忍冬將買來的花束放在墓碑前，雙手合十，閉上眼睛，嘴唇微動，像是無聲地和母親說些什麼。

瞧著花忍冬有別以往的正經表情，葉心恬自覺地保持安靜。林綾卻是在踏進這座墓園後，眼裡閃過一抹若有所思。

花忍冬並未察覺到林綾的異樣，他很認眞地向母親述說了他進入綠野高中後所發生的事。這是他從小養成的習慣，不管是大事小事，他總是會跑來母親的墓前一一傾訴。

在心底偷偷向母親介紹了林綾是他喜歡的女孩子後，他才睜開眼睛，笑盈盈地轉向了兩名少女。

「花花，我可以跟伯母打聲招呼嗎？」林綾往前走幾步，溫婉地詢問。

「當然可以。」花忍冬心下驚喜，忙不迭用力點點頭。

「花花，你也笑得太開心了吧。」看著那張燦爛不輸艷陽的笑臉，葉心恬忍不住搖搖頭。

「嘿嘿，人家控制不了嘛。」花忍冬摸了摸自己的臉頰，連聲音都帶上一抹熱切。他一邊覷著林綾，一邊挨到葉心恬身邊，小小聲問著她的意見，「小葉、小葉，妳覺得人家的媽媽會喜歡林綾嗎？」

「這不是一定的嗎？林綾是那麼好的女孩子。」葉心恬想也不想地回道，隨即像是覺得有些困惑地蹙起了眉，「不過，花花，有個地方我實在不太能理解。」

「嗯？」花忍冬揚起一記納悶的單音節。

「這個問題可能有點失禮，我先跟你道歉。」葉心恬也壓低了聲音，「你的母親不是在你出生不久後就過世了？以你那時候的年紀，應該不可能保有對母親的相關記憶吧。」

「理論上是這樣。」花忍冬神色有些恍惚，好似陷入過往的回憶裡，「不過人家在看到媽媽的照片時，就會有一股很熟悉的感覺，好像……好像真的在哪裡見過她一樣。」

明明知道這是不可能的事，但花忍冬還是無法阻止自己這樣想。

「說不定你媽媽有來夢裡看過你？」葉心恬推測道，「我聽老一輩的人說過，人在死亡前，如果對某個人還有牽掛的話，死後便會入對方的夢。」

「小葉妳這樣一說，好像真的有這個可能。」花忍冬喜不自禁地又笑了，「其實啊，人家一直覺得媽媽變成天上的天使後，一定有偷偷下來看過人家，說不定還把人家抱在懷裡呢。」

聽著花忍冬愉快的話語，葉心恬有些意外地看了他一眼，第一次知道花忍冬的思考模式可以這樣童話。

「不過，也沒什麼不好……」葉心恬喃喃自語，明媚的臉龐也跟著漾出笑意。

「嗯？小葉，妳剛剛說了什麼嗎？」花忍冬疑惑地問道。

「沒什麼，你聽錯了。」葉心恬習慣性擺出高傲的樣子，才不會承認自己瞬間浮現了花忍冬跟林綾交往的可能性。

「花花，我可以問你一個問題嗎？」站在墓碑前的林綾回過頭，視線停佇在花忍冬身上。

「林綾妳想要問什麼，儘管問。」花忍冬的眼神閃亮又熱切。

葉心恬維持優雅儀態地又翻了一個白眼。

「你的母親……有沒有什麼遺願未完成？」這個問題問出口時，林綾還是有些遲疑的。

方才站在墓碑前，她卻感受不到一絲屬於死者的氣息，就好像……底下的棺材裡什麼也沒有。

但是，有可能嗎？林綾臉上的微笑不變，心裡卻轉著剛才花忍冬與葉心恬的對話。

村子裡發生了小孩失蹤事件、花忍冬小時候曾經被神隱……林綾有種感覺，她似乎快要觸碰到事情的核心了，然而前方卻偏偏還隔著一層薄薄的紗。

對於林綾的詢問，花忍冬自然不會拒絕回答。

「聽老爸說，老媽最大的心願就是親手將人家抱在懷裡。」花忍冬微笑著說道，眉眼間不經意流露出一縷思念。

一早就去活動中心指導村裡的女孩們跳酬神舞，等到教學結束後，楊紓已是大汗淋漓。雖然晚一些還要去辦事處開會，不過八月炎熱的天氣，加上一身濕黏，實在讓人覺得太不舒服了，楊紓決定先回家換個衣服。

才剛踏進家門，她就看到宮芊凝正一手托腮、一手拿著遙控器，彷彿覺得無聊地切換著節目頻道。

「芊凝，發生了什麼事，妳怎麼在生悶氣呢？」楊紓走到輪椅後，雙手溫柔地放在宮芊凝的肩上。

「媽。」宮芊凝關掉電視，仰頭看向母親，眉眼間有些苦惱，「我覺得，小蘿好像不太喜歡我。」

「怎麼突然這樣說？」楊紓詫異地問。

「就，只是一種感覺而已。」宮芊凝幽幽地嘆了口氣，「小蘿從不主動跟我講話，也不太願意靠近我。」

「別想太多了，芊凝。小蘿的個性比較安靜，少跟妳說話，不表示就是討厭妳啊。」楊紓柔聲安慰。

「如果真是這樣就好了。」宮芊凝低下頭，聲音聽起來有些落寞，沒有讓楊紓看到自己晦暗不明的眼神。

「對了，怎麼只有妳在家？忍冬他們呢？」楊紓四處張望了下，沒看見其他孩子的身影。

「他們有事外出了，家裡只剩下我和歐陽還有小蘿。他們在樓上休息。」宮芊凝很快地帶過這個話題，不想再想起那種被忽略的不悅感。

「忍冬那孩子，難得回家一趟，卻老是往外跑。」楊紓看似在抱怨，但眼裡滿是縱容。

宮芊凝微不可察地皺了下眉。

「對了，那是誰的衣服？」楊紓注意到放在沙發上的洋裝，疑惑地問道。

「是小蘿的，她忘了拿上去。」宮芊凝隨手將遙控器放到一邊，「媽，妳可以送我回房嗎？」

宮芊凝的臥室與客廳的距離極短，平時她都是自己轉著手推輪回房，今天突然提出這個要求，楊紓只當女兒是在跟她撒嬌，笑笑地應允下來。

她邊推著輪椅，邊與宮芊凝聊起今天排舞的情況。母女倆有說有笑地又聊了一會兒，楊紓這才回到自己的房間。

看看手錶，時間還算充足，她乾脆抱著乾淨衣物走進浴室裡，快速沖了個澡，洗去一身黏膩。

當她邊擦著頭髮邊走出浴室時，一陣暈眩無預警襲來，眼前的景物好像都扭曲了。

「怎麼……回事？」楊紓鬆開毛巾，難受地按著頭，腳步踉蹌，想要找個東西支撐住自己，然而平衡感卻在這一刻驟然消失，身子頓時如同斷了線的木偶般癱倒在地——

二樓房間裡，因為睡眠不足而留下來的歐陽明，在肚子發出咕嚕咕嚕的叫聲之後，總算迷迷糊糊地睜開眼睛。

他打了一個大大的呵欠，慢吞吞地坐起來，左右張望了幾眼，確定夏蘿正睡在他旁邊的被窩裡，而且窗外的天色依舊明亮，自己並未把整個白天睡去，游離的神智才總算歸位。

摸了下圓滾滾的肚子，歐陽明覺得有些餓了。他努力伸長手，動作笨拙地將放在角落的背包拖過來，想要翻出一點零食。

但他前前後後翻找過一次，甚至連換洗衣物都倒出來，卻驚恐地發現，他的儲備零食已經見底了。這簡直是一件太可怕的事。

呆滯了一分鐘後，歐陽明用力拍拍臉頰，振作起精神。他記得楊阿姨說過，如果肚子餓的話，可以拿冰箱裡的饅頭吃。

先去廚房蒸個饅頭好了，他兩個、小蘿一個，然後晚一些再帶小蘿去街上逛逛，順道補充零食！

覺得自己行程安排得太完美了，歐陽明立即就從低迷的情緒中振作起來。

爲了避免日照偏移而曬到夏蘿，他體貼地將窗簾全部拉起來，這才揣著手機離開房間。

當他來到一樓時，習慣性先往客廳瞧了瞧，意外的是，一向待在這裡看書、看電視的宮芊凝卻不在。

「奇怪，芊凝姊去哪裡了，該不會跟朋友出去了吧？」

歐陽明納悶地摸摸下巴，肚子又在此時叫了起來，他當下將這疑問拋諸腦後，目的明確地就要朝廚房走去。

啪沙、啪沙，一陣細微的聲響忽地釘住他的腳步。

歐陽明下意識想到後院楊樹被風吹動的聲音，但很快地，他否決了這個想法，因爲聲音是從屋裡傳來的。

該不會芊凝姊其實沒出去，或是楊阿姨已經回來了？

歐陽明一邊猜測，一邊追尋著聲音來源，走進客廳另一邊的走廊裡。相較起日光充足的客廳與廚房，這條沒有窗子的走廊顯得幽暗又陰沉，歐陽明注意到，有扇房門是半掩的。

他想敲敲門，詢問是誰在裡頭，然而不經意從門縫裡看進去時，他一雙細小的眼驀地瞪得大大的，臉上的紅潤色彩也在瞬間刷成了蒼白。

他看到了什麼？那是什麼？

歐陽明大腦一片混亂，幾乎無法思考。他看見楊紓表情痛苦地趴在地上，兩眼緊閉，身體一陣陣抽搐，背部上方隆起一團模糊的黑影，彷彿有什麼正要破繭而出。

很快地，黑影就以肉眼可見的速度變得清晰、鮮明，並且有了一個明顯的輪廓，那看起來就像是一個人！

只見與楊紓體型相似卻更加纖瘦的身影緩緩地從她身後脫離出來，但垂在那身影肩膀兩側的，並不是預想中的雙臂，而是一雙覆蓋著蒼藍羽毛的翅膀。

那是一名似人非人的奇異生物，她有著一張無血色的美麗臉孔，細長的眼睛裡看不到眼白，而是一片詭異的濃稠綠色。

然後，那雙眼睛就像是察覺到門外的歐陽明，突然轉向他。

「咿——！」歐陽明驚恐地倒抽一口涼氣，寒毛根根豎起，炎熱的天氣裡，他卻覺得如墜冰窖。

因爲他看到了，在那女子跨過楊紓的時候，對方的腳趾圓潤，覆著一層詭異的蒼藍色。

他想起昨晚在楊樹上看到的那雙腳……所以、所以，那並不是幻覺，而是現實？

「妳、妳……」歐陽明渾身發抖地向後退，卻因爲一時不穩，踉蹌地跌坐在地。

眼看對方正一步步朝自己走來，他慌張地兩手撐地，想要拉開距離，但是圓胖的身子才

剛往後退，就撞到了什麼。

並不是牆壁。歐陽明可以確定他與走廊另一邊的牆壁還有一段距離。既然如此，是什麼東西，或是有誰站在他身後？

「真是沒禮貌的孩子，竟然躲在門外偷窺。」

優雅輕柔的嗓音幽幽響起，彷彿上好的絲綢一般，輕緩地摩挲著聽覺神經。

歐陽明恐懼地仰起頭，想要看清楚後方的人是誰，然而映入眼底的，卻是一雙妖嬈到讓人毛骨悚然的紫色眼睛。

然後，沒有然後了，黑暗很快攫取他的意識，昏迷前，他模模糊糊地聽到那道好聽的聲音帶著笑，卻又像沾了毒素似的。

「先抹去你的記憶，再把你丟到槐山，免得讓人看了心煩……對了，還得讓姑獲鳥不受打擾地帶走那孩子，呵呵，大家的睡覺時間到了呢。」

同一時間，明明是陽光正烈的午後時分，位於花家二樓的房間裡卻是昏昏暗暗，陽光被厚重的窗簾擋在窗外。

只見夏蘿長而翹的睫毛先是輕輕地顫了顫，接著慢慢掀開。

她有些迷茫地望著上頭看不太清楚圖案的天花板，一時認不出自己究竟在哪裡，現在又是什麼時候。

好半晌，夏蘿才意識到自己是在二樓的房間裡。

已經晚上了嗎？房內的昏暗讓夏蘿產生了錯覺，不過她很快就注意到從窗簾底下透進來的幾縷陽光。

她揉揉眼睛坐起身，卻發現本該睡在身邊的歐陽明不見蹤影。

還未完全清醒過來的夏蘿面無表情地發著呆，一會兒過後，打了一個小小的呵欠，睡意好像又重新湧了上來。

想著現在還是白天，夏蘿又放任自己再次倒回床墊上，小手下意識地擺在臉側，手指溫馴地握著。

「再一下下，夏蘿再睡一下下就好……」她含糊地說著，意識不知不覺又開始飄遠，就在她幾乎要睡著之際，耳邊忽然聽見一道細細的聲音。

像是門扉被人輕輕拉開而發出的聲音。

緊接著，是很輕的腳步聲從外面走了進來。

是歐陽哥哥嗎？夏蘿迷迷糊糊地想，她背對著門口，沒有轉過身。認爲進來房內的應該就是熟人，所以心裡並未產生任何防備之心。

「歐陽哥哥？」不過夏蘿還是軟軟地喊了一聲，猶帶著睡意的童稚嗓音在房裡飄起。

輕慢的腳步聲頓了一下，僅僅一下，然而腳步聲的主人卻未給予任何回應。

「歐陽哥哥，是你嗎？」夏蘿以爲是自己喊的聲音太小，所以對方並沒有聽見。她又軟軟地喊了一聲，聲音清晰地在房裡響著。

依舊沒有任何人給予夏蘿回應。

可是，那輕慢的腳步聲卻持續響起，往她所在的方向越靠越近。

夏蘿有些困惑了，爲什麼歐陽哥哥不理她？

越加膨脹的困惑驅使夏蘿睜開了眼睛，她慢慢地翻過身，頭髮隨著動作在棉被上發出沙沙沙的聲音。

夏蘿最先看到的是立在前方的一雙腳，她沿著那雙腳慢慢移動視線，潔白的小臉仰高再仰高。

一雙綠色的眼睛猛然映入夏蘿眼中。

沒有眼白、眼珠，僅有著純粹綠色的可怕眼睛。

第八章

時間已至傍晚，橘紅色的夕陽餘暉染紅了整片天空。由偏遠的街道往村落望去，甚至會讓人產生房子彷彿在燃燒的錯覺。

康所長率領的搜索隊伍在郊外做了一次徹底的搜索之後，依舊沒有發現莉莉的身影，甚至連一隻鞋子都沒找到。

眼見天色漸漸偏暗，康所長無奈地嘆了口氣，別無選擇地先將隊伍解散。經過三日無果的搜索之後，他只能抱持最壞的打算了。

「你們先回家吧，我還得去民宿一趟。」康所長抹了抹臉，神態間隱隱透出了疲憊。

「康叔，我、我明天可以再繼續幫忙找的。」夏春秋語氣堅定。不管是出於想要回報許慧馨的恩情，或是憐惜那名跟夏蘿差不多大，卻下落不明的小女孩，他都想要出一份心力。

「小夏，謝謝你。不過你們是客人，這件事還是讓我們警方來吧。」康所長苦笑著婉拒了夏春秋的好意。

走在後方的左容、左易並沒有插話，兩人僅是對看一眼，在彼此眼中得到相同答案。他們並不認為，在失蹤了三天之後，那名孩子可以平安無事。

不過有些事情是不適合說出來的。

在沉重氣氛包圍下，四人就這樣默默地走在路上。但隨著他們逐漸接近村子，卻發現原本應該吵雜熱鬧的商店街竟靜悄悄的，一點人聲也聽不到。

卻又不是空無一人。

因爲不管是前來逛街的遊客、村民，或是本應吆喝著招呼客人的攤販，他們就像斷了線的木偶一般，軟軟地倒在地面。

「這是怎麼回事？」夏春秋愕然地看著像是失去意識的人們，慌慌張張地朝其中一人跑去，緊張地探看了下狀況，卻發現對方正發出均勻的呼吸聲，胸膛也規律地上下起伏。

他又推了推對方的肩膀，甚至大聲呼喚，卻始終得不到回應。

「似乎是睡著了。」左容從另一名村民身邊站起身，說出她觀察的結果。

「搞什麼鬼。」左易神色警戒地環了周遭一眼，卻沒有發現任何清醒的人。

但下一秒，他突地擰起眉，嗅了嗅空氣中的味道，「喂，左容。」

「嗯，我也聞到了，有股淡淡的香味。」左容皺起眉，釐不清這股香味從何而來。

夏春秋突然聽到身後傳來咚的一聲，急忙回過頭，卻看見康所長竟也閉上眼睛，身體就像失去力氣般，摔向地面。

「康叔！」夏春秋驚呼一聲，忙不迭跑過去想扶住他，卻還是慢了一步，只能眼睜睜看著康所長倒在地上。

「發生了什麼事？」聽到後方動靜讓左容迅速轉頭查看，發現康所長就像其他村民一樣陷入昏睡後，示意夏春秋先冷靜下來。

「我、我也不清楚。」夏春秋結結巴巴地說，「什麼徵兆都沒有，康叔就突然昏倒了。該不會……全村的人都是這樣吧？」

這句話一說出口，夏春秋的臉色突然一變，低喊一聲「小蘿」，急匆匆往花家方向跑，左容、左易連忙提步追去。

沿路可以看見不少昏迷倒地的村民與遊客，但夏春秋此時卻沒心思再探看上一眼，他擔心留在花家的夏蘿。

三人神色急迫，一路疾奔地趕回花家，才剛踏進客廳，就看見從輪椅滑落下來、癱在地上的宮芊凝，她雙眼緊閉，如同外頭的村人一般陷入昏迷。

夏春秋也顧不上先將她扶起，直接拔腿跑上二樓。左易、左容緊隨在後。

「小蘿！」

夏春秋接連拉開二樓所有房門，木格子狀的門板撞擊在門框上，發出了刺耳的聲音。然而房裡的景象讓他遍體發寒。

鋪著榻榻米的房間裡空空蕩蕩，看不到夏蘿，也看不到歐陽明，窗戶大大敞開著，窗簾被風吹得不斷翻飛，發出啪啪聲響。

當淡淡花香竄入鼻間時，花忍冬困惑地嗅了嗅，想不明白四周都是稻田的路上，怎麼會傳來一陣香味？

「什麼味道？好香喔。」葉心恬好奇地東張西望，試圖找出味道的來源。

林綾卻是眉頭輕擰，那香味來得太突然，給人一種不自然的感覺。只是瞧見另外兩人在吸進香味後，並沒有發生什麼事，她也暫時將心中的疑慮壓下來。

對於這股突然出現的甜膩香味，三人一開始並沒有放在心上，只是他們越往村子走去，發現味道卻變得越來越濃。

當花忍冬看見倒在地上的身影時，臉色猛地一變，三步併作兩步地衝過去查看。他推了推對方的肩膀，甚至拉高聲音呼喊，但村民就像是陷入昏迷般，一個也喚不醒。

「花花、林綾，這是怎麼回事？爲什麼他們會倒在地上？」葉心恬惶惶然地看著那些失去意識的人。

「我也不清楚。」林綾同樣困惑地搖了搖頭。事情很不對勁，唯一可以確認的，是那些村民不像是受到什麼傷害，他們神色平靜，如同作著美夢一般。

「怎麼會這樣……」花忍冬捏著拳頭，試圖讓自己混亂的思緒冷靜下來。

是剛剛的香味嗎？葉心恬驚疑不定地猜測，但她立即推翻了這個想法。如果將村民們的昏迷歸咎於香味的話，那麼，她與林綾、花忍冬爲什麼沒有失去意識？

隨著他們越接近村子最熱鬧的商店街，昏迷的人也越多，這畫面讓人看了怵目驚心。

「花花，我們最好快點回去。」林綾出聲催促，鏡片後的美眸浮現一抹憂慮，「我有一股不太好的預感。」

花忍冬心裡一驚，當下拔腿就往自家的方向衝，林綾與葉心恬也急忙跟上。

三人匆匆趕回花家時，卻看見夏春秋臉色慘白地站在客廳，左容在他身邊低聲說著什麼；左易神情陰沉，那雙凌厲細長的眼蘊藏著凶光。

「林綾、小葉、花花，你們還好嗎？」注意到出現在門口的三人時，夏春秋明顯露出了鬆口氣的表情。

「我們很好。」葉心恬一邊說，一邊往夏春秋身後看去，但不管她再怎麼瞧，都沒有發現夏蘿的小小身影，也沒看到歐陽明圓滾滾的身子。

「歐陽和小蘿呢？」

這充滿詢問意味的一句話，換來的只有一片沉默。

「該不會……」葉心恬嚥了嚥口水，語氣顯得有些緊張，心底泛起了不祥的念頭。

「小蘿和歐陽都失蹤了。」夏春秋乾啞著嗓音，說出了自己不願接受的事實。只要一想起那空無一人的房間，那股讓他渾身發冷的恐懼感便再次竄了出來。

他的妹妹跟同學消失了，就像是突然從人間蒸發一般，什麼線索也沒有留下。

「那芊凝姊跟老媽呢？」花忍冬也著急地問出口。

「昏迷不醒。」左容簡明扼要地說。

花忍冬雖然稍稍鬆了口氣，可是夏蘿和歐陽明下落不明一事，還是如一顆大石沉甸甸地壓在心上。

「手機打了嗎？」

他問得沒頭沒尾，但左容還是點了點頭，接著則是輕輕搖頭，答案不言而喻。

「小夏，你們也有聞到香味嗎？」林綾關切地問，在看見夏春秋點頭之後，她的神色變得越發凝重。

「也？」左容敏銳地抓出關鍵字。

「我們一路走來，沒有看見清醒的人。」林綾大略提了下他們從村外回來後所見情況。

「可惡……到底誰會想綁架那個小胖子？」花忍冬不死心地發LINE跟打電話，希望對方會忽然已讀或是接起電話。

「天知道。」左易煩躁又憤怒，氣自己只能毫無頭緒留在原地，不知該從何找起夏蘿。

林綾慢慢在客廳裡踱著步，似是在思索著什麼，當她走到沙發旁邊時，看見放在上頭的洋裝，以及衣襟上那抹不自然的暗紅後，似水的眸子突然嚴肅瞇起。

那層紗終於被揭開了。

「林綾，怎麼了？」葉心恬關切地看著她。

「你們有聽過姑獲鳥的傳說嗎？」林綾平靜地開口，然而一向沾染眉眼的淺淺笑意此刻卻不見蹤影。

「那是什麼？」葉心恬詫異地問。

「姑獲鳥，聽說是失去了孩子的母親所化身，又名『夜行遊女』或是『鬼鳥』。她們披上羽毛即變成鳥，脫下羽毛就會化作人類。因爲太過思念孩子，她們會趁人不注意時，偷偷抱走孩子。」

「可是，這跟小蘿的衣服沒有關係吧？」葉心恬聽得雲裡霧裡。

林綾沒有直接回答，而是繼續說下去，「不過還有另一種說法，如果有哪個家庭曬衣服時直到晚上都忘了收回小孩的衣服，被姑獲鳥發現的話，她就會在上面滴下血作爲記號。」

林綾展開手裡的洋裝，讓眾人可以清楚看見衣領上的紅漬。

夏春秋是最早知道洋裝被弄髒的人，但當時他並沒有在意。此刻聽了林綾的解說後，不禁倒吸一口涼氣，眼底爬滿了驚駭與不敢置信。

「林、林綾，妳的意思該不會是……」

「我也只是猜測。」林綾搖了搖頭，放下洋裝，「畢竟，我並沒有真正見過姑獲鳥。」

「那……現在怎麼辦？」葉心恬不知所措地問。

「分組找吧。」左容提出最直接的方法，「商店街、圖書館、活動中心先排除，我們從其他地方下手。」

失蹤人口新增加兩名，並且毫無頭緒的現在，一群人無異議地接受這個意見。葉心恬、林綾一組，花忍冬、夏春秋一組，左容、左易則是單獨行動。

然而他們才剛踏出前院大門，正準備分頭行動之際，葉心恬忽地抓住林綾的手，一張明媚的臉孔刷成了慘白色。

「林、林綾……」她連說話的聲音都在抖，手指哆嗦地比向前方。

夏春秋、花忍冬反射性抬頭望去，就連左容、左易也停下腳步折了回來。

林綾眼裡閃現一絲驚詫，葉心恬手指所比的方向，立著一雙蒼白細瘦的腳。

但是，就只是一雙腳而已。

被裙子覆蓋的大腿根部以上空蕩蕩的，看不到身體、看不到手，當然也沒有頭顱。

葉心恬的牙齒格格打顫，手指無意識地把林綾的手抓得更緊了，好不容易才把尖叫吞回喉嚨裡。她忘不了發生在公園的那一幕，而現在，就像是昨日的惡夢重現。

花忍冬緊張地吞了吞口水，第一個動作卻是先護在林綾身前；左易眼神警戒，左容卻是若有所思地盯著那雙鞋子。

在昏暗卻又挾帶著橘紅色彩的光線照耀下，那雙蒼白的腳格外讓人怵目驚心，但是夏春秋的視線就像是被釘子釘住一般，無法移開。

對於沒有上半身、僅看到雙腳的半截身影，他一開始是感到恐懼的，然而當他看清楚那雙綴著紅蝴蝶的白色皮鞋後，他的喉嚨發乾，一股深深的悲傷從心底湧了出來。

他認得那雙小皮鞋，那是莉莉的鞋子。

先前幫忙尋找莉莉的時候，他對於尋人啟事單子上的相片印象深刻。相片中的小女孩有著一頭及背黑髮，靈活的大眼睛瞧著鏡頭，一身小洋裝與白色小皮鞋襯得她格外可愛。

但是，再也看不到相片中的甜美笑容了。

從夏春秋驟然轉變的神情，林綾似乎看出什麼，她就像是不覺得手腕被掐得發疼，只是柔聲安慰著葉心恬，「小葉，不要怕，那是許阿姨的女兒。」

「妳是說……莉莉？」葉心恬震驚地倒抽一口氣。明明心裡害怕得不得了，可是在知道對方的身分後，伴隨著害怕情緒而起的是一絲哀傷。

花忍冬、左容、左易的耳力極好，即使林綾的聲音放得很輕，他們還是一字不漏地全聽進去了。

「現在……現在怎麼辦？」葉心恬別開眼，不敢直視那雙腳。

雖然已經知道那雙腳的主人是莉莉，可是在看不到頭顱、看不到上身的情況下，一群人也只能枯站原地，猜測不出對方爲何出現。

膚色幾近死白的兩條腿忽然慢慢地踏了一步，卻不是朝著夏春秋等人的方向。接著，它又往前走了兩步，然後停下來。

「這是，要我們跟著走的意思嗎？」林綾輕緩地問，就像是怕驚擾到對方一般。

如同要回應這句話，套著白色小皮鞋的雙腳又走了幾步，再停頓下來，等到夏春秋一行人試探性地邁出腳步後，它才繼續往前走。

天色漸漸昏暗，那雙細瘦的腳也開始加快速度，甚至變成了小跑步。跟著它跑了一路後，花忍冬是最先辨認出前進路線的人。

那是，通往槐山的道路。

□

歐陽明覺得頭疼欲裂，就好像腦子裡躲著一群小矮人，正拿著鐵鎚咚咚咚敲打著。他不舒服地哼唧幾聲，努力睜開像是有千斤重的眼皮。

當他好不容易張開眼睛，卻發現周遭一片昏暗，並不是房間未開燈的幽暗，而是由層層枝葉交疊製造出的昏沉。濃密的葉子將夕陽餘暉遮擋在外頭，只有幾縷光線悄悄滲入。

眼前景象讓歐陽明瞬間瞪大眼，不敢置信地環顧四周，手指碰觸到的是濕潤的泥土，竄入鼻間的是枯葉腐朽的味道。不管他眨了幾次眼，都無法改變自己突然出現在森林的事實。

「怎麼回事？我爲什麼在這裡？」歐陽明驚慌失措地爬起身，用力拍了拍沾在衣服和小腿上的泥土，大腦拚命運轉。

他明明是在房間裡睡覺的，爲什麼一張開眼睛就出現在森林裡？

但是，就算歐陽明想破了腦袋，還是得不出一個合理解釋。

最重要的是，天色已經漸漸暗了下來，待在一個連東南西北都搞不清楚的林子裡，那是多麼危險的一件事。

歐陽明做了幾個深呼吸，手指下意識往口袋摸去，希望能找到一些零食讓自己鎮定下來，沒想到卻反而摸到一個堅硬的物體。

「太好了，我有把手機帶在身上……」歐陽明如同抓到救命稻草般拿出手機，慌張地撥打出花忍冬的電話，希望可以盡快聽到好友的聲音。

但手機卻只是不斷傳來嘟嘟嘟的盲音，就算歐陽明撥打其他人的號碼，仍是無法撥通電話。這座森林就像將手機的電波隔絕了，也同時將歐陽明困在裡頭。

歐陽明倉促地點開安裝在手機裡頭的手電筒ＡＰＰ，亮白色光芒瞬間傾洩而出，但一陣嗶嗶聲卻也緊隨在後響起，螢幕上的電池計量說明一個殘酷的事實。

手機快要沒電了。

「怎麼辦……怎麼辦……」歐陽明根本不敢想像手機沒電後的下場。他不像花忍冬擁有怪力，也不像左家雙子擁有大無畏的個性，他甚至連應該挑選哪個方向離開森林都毫無頭緒，只能像隻無頭蒼蠅般團團轉。

眼見天空最後一絲餘光正慢慢散去，除了自己所在的位置還有手電筒的光芒可以照耀，其他地方根本暗得伸手不見五指。

「有、有人在嗎？」他大聲喊著，「有沒有人在這裡？我迷路了！」

偌大的森林聽不見回音，只有枝葉的沙沙聲晃得越發強勁，那連成一片的聲響甚至會讓人產生是誰在哭泣的錯覺。

「嗚啊啊……」歐陽明害怕地抓緊手機，雖有光線照耀，他卻不知該往哪邊走。

他分不清楚那些樹木有什麼不同，更別說藉以辨認方位了。

難道就這樣被困在森林裡，直到天色泛白嗎？就算現在是夏天，夜晚的溫度不會驟降，但誰又能保證森林中沒有野獸出沒？

這個想法頓時讓歐陽明臉色更加蒼白，他低頭看著自己圓滾滾的身子，抖得如同秋風裡的落葉。

他這體型怎麼看都是野獸眼裡的大餐啊！

「不行，一定要想辦法出去！」歐陽明搖搖頭，將腦袋裡的可怕畫面清個一乾二淨。

他舉著手機，試探性地踏出了右腳，然後再跨出左腳。很好，地面的泥土很堅實，走起來不用擔心。

歐陽明不斷地爲自己打氣加油。他記得昨天下山時有遇到村民們前來點燈，如果運氣好，他說不定可以找到那一排懸掛在槐樹上的紅燈籠。

這個想法立時讓歐陽明振作了些，好像又多了一點勇氣繼續往前走。

然而才走了一小段，手機再次發出嗶嗶聲，並且完全沒有給歐陽明反應的機會，螢幕迅速黑成一片。

可怕的黑暗鋪天蓋地湧來，歐陽明驚叫一聲，原先積攢的勇氣就像是漏了氣的氣球，迅速消扁下去。

他恐懼地待在原地，連踏出一步都做不到。就在這時，一點微弱的光突然吸引他的注意力，就在前方不遠處，有隻螢火蟲在半空中飛舞著。

也就是這一眼，讓歐陽明再也移不開視線，就連雙腳都像是被釘住一般。

那隻螢火蟲依舊徘徊在原處，然而牠尾部的光芒卻越來越亮，從微弱到隨時會消失的螢光，變作一顆小燈泡般的亮度。但歐陽明卻無暇爲螢火蟲身上驟亮的光讚歎，他驚恐地睜大眼，看著不知何時出現在螢火蟲後方的纖細身影。

歐陽明非常確定，就在剛剛，那邊明明一個人也沒有。

那人的身上繚繞著一層淺淺霧氣，他看不清楚相貌，但從身形判斷，似乎是一名女子。

歐陽明恐懼地吞了吞口水，後頸發涼。他想要轉身就跑，但雙腳如同僵硬的石塊一般，連抬也抬不起來。

他緊張地看著距離自己約有十公尺的身影，抖著聲音問道，「妳、妳是誰？」

被霧氣纏繞的女子沒有開口，只是輕輕抬起手，比向某個方向，如同在指引著什麼。

隨後只見先前在原地繚繞的螢火蟲突然飛到歐陽明眼前，輕輕振動著翅膀，然後又順著女子指引的方向慢慢飛去。

「是……要我跟著牠走的意思嗎？」歐陽明試探地問。

他看見女子小弧度地點點頭，環繞周身的霧氣卻越加濃厚，將纖細的身子完全遮覆住。直到一陣夜風襲來，將那些霧氣吹散後，就什麼也看不到了，女子就像是平空蒸發一般。

雖然不知道對方是誰，但顯然沒有要加害自己的意思。歐陽明抬眼看向仍舊在前方上下飛舞的螢火蟲，心一橫便跟了上去。

反正他連森林的方位都分不清楚了，何不賭一賭這個機會，說不定真的能離開這裡。

第九章

亮著淡淡黃光的螢火蟲輕巧地穿梭在林間，帶領歐陽明穿過幽暗的樹叢，也繞過一個個濕滑的斜坡，讓他避免失足摔下山的危險。

在森林裡大約走了十幾分鐘後，前方不遠處閃過的暗紅光芒讓歐陽明眼睛都亮了。

那些紅光一團連著一團，說明了他即將接近那條通往神明所在的槐山小徑。歐陽明壓不住興奮的心情，加快腳步往紅光跑過去。

當他撥開眼前的枝葉，一條鋪著石板的蜿蜒小路頓時映入眼簾，兩側的槐樹上掛著一盞盞紅燈籠。

「太好了……」猛地竄出的安心感讓歐陽明身子一軟，一屁股癱坐在石板上喘著氣。當他抬頭想要尋找那隻螢火蟲，卻發現掛著紅燈籠的小徑上再也看不到一點黃光。

雖然不知道那名女子，以及那隻螢火蟲從何而來，但若不是他們，他可能還困在伸手不見五指的幽暗森林裡，茫茫然地越陷越深，無法踏出。

喘了一陣子，緩了緩呼吸，歐陽明正準備站起來時，眼角餘光驀地瞟見了落在不遠處的小鞋子。

他疑惑地盯了半晌，最後還是抵不住好奇心作祟，伸手將那隻小鞋子撈過來。只是一看清楚鞋子的款式，歐陽明的臉色頓時變了。

「該不會連小蘿也……」他急急忙忙爬起來，緊張地環顧四周一圈，除了枝葉婆娑，他並沒有看見屬於小女孩的身影。

該不會那名黑髮白膚、總是面無表情的小女孩也像自己一般，不知原因地突然出現在森林裡？

「小蘿……小蘿妳在哪裡！」歐陽明扯開嗓音大喊，每當他喊了幾聲，就會仔細傾聽周遭動靜，卻遲遲得不到另一個人的回應。

「怎麼辦、怎麼辦？」歐陽明心慌地在原地轉著圈子，不時抬起頭看向通往神明大人所在的後半截小路。

依照鞋子掉落的位置，夏蘿遭遇的情況或許與他不一樣。但要他一個人上山查看，歐陽明對自己毫無信心。

他絞盡腦汁地想，腳步往上抬起又縮了回來，最後，他總算想到了折衷的方法。

「對了，找花花他們！」歐陽明抓緊那隻小鞋子，不敢遲疑地轉身往山下跑。

然而他卻忘了雖然槐山山勢不算陡峭，但跑在下坡路段速度自然會加快不少，再加上歐陽明的運動神經其實不太好，只顧著埋頭苦衝，很快地，他終於發現自己的速度失控了。

「哇啊啊！」歐陽明想要煞住腳步，可是腳下卻停不住。兩側的紅燈籠以極快速度往後方晃去，在眼角刷出一片殘影。

歐陽明控制不住地一路狂奔之際，卻看到前方不遠處出現一隊人影。隨著雙方距離越來越近，他也辨識出對方的身分。

那是夏春秋一行人。

歐陽明想要停下來跟他們會合，但他驚恐地發現，自己的雙腳早已不聽大腦指揮。

歐陽明幾乎就要慘叫出聲，在他害怕地閉上眼睛、抱持著可能要這樣衝到山腳下，或是滾到山腳下的時候，衣領猛地被什麼用力拽住，那股強勁的力道硬生生停下他前衝的步伐。

歐陽明心有餘悸地喘著氣，臉色發白地回過頭，只看見花忍冬正對著他露出一抹傷腦筋的笑。

「歐陽，你是趕著投胎嗎？」花忍冬輕鬆地將歐陽明提到一旁。

「太、太感謝你了，花花！」如果不是氣氛不對，歐陽明眞想抱住花忍冬的大腿，以表達他深深的感激之意。

「一千字的感謝詞回去再寫給人家就好。」花忍冬擺擺手，隨即笑容一斂，目光緊鎖他不放，「現在可以告訴人家，你爲什麼會出現在槐山嗎？」

「我也不知道，我一覺醒來，就發現自己在這邊了……」歐陽明同樣一頭霧水。不過只要一想起先前被困在森林裡的經歷，他就寒毛直豎。

不過花忍冬這句話也讓他意識到什麼，一雙小眼睛迅速看向夏春秋、葉心恬、林綾、左容、左易等人。

「花花，你們怎麼也跑到槐山來了？」瞧著一夥人凝重的神情，歐陽明困惑地問道。

「我們要……」花忍冬正準備回答，卻見夏春秋猛地衝到前面，一把抓住歐陽明的手。

「這是小蘿的鞋子！」夏春秋難以置信地低呼一聲，一臉急切地問道，「歐陽，你有看到小蘿嗎？」

「咦？我……」歐陽明一時反應不過來，只覺大腦像一團毛線球，亂得讓他難以思考。

「春秋，先讓歐陽喘口氣，他被你嚇到了。」左容走上前，輕輕按住夏春秋的肩膀。

「抱、抱歉，歐陽。」夏春秋擠出苦笑，試著讓自己冷靜下來。

只是夏春秋才鬆開手，左易卻是一個箭步上前，毫不客氣地拽住歐陽明的衣領，頗有要將他高高拎起逼問的架勢。

歐陽明的身體頓時又抖得如同秋風裡的落葉，他覺得不管是心靈還是身體上的驚嚇，都足以讓他今晚睡不好覺了。

也幸好左易並沒有眞的對歐陽明做出什麼事，在花忍冬心驚膽跳的注視下，他僅僅是低啞著聲音逼問。

「小不點在哪裡？」

「我我我不知道……」歐陽明抖著聲音回答，將手裡的小鞋子高高舉起，「我是在路上看到這隻鞋子的。我擔心小蘿是不是像我一樣，突然被弄到槐山，所以才想要衝下山去找你們幫忙……」

「難怪歐陽你剛剛跑那麼快。」

歐陽明抬頭一看，卻發現說出這句話的葉心恬抓著林綾的手，兩人的位置與他們之間還隔了一小段距離。

「小葉，妳爲什麼要站那麼遠？」歐陽明的疑問很單純，但這句話一出口，就看見葉心恬的臉色又蒼白了一些。

歐陽明一臉困惑地看向林綾，只見那名戴著眼鏡、紮著長辮子的少女婉約一笑。

「沒什麼，歐陽你不用在意。現在最重要的是趕緊找到小蘿。既然歐陽在這邊撿到了小蘿的鞋子，那就表示莉莉指引的路線是正確的。我們再跟著她繼續往上走吧。」

夏春秋點點頭，從歐陽明手裡拿過夏蘿的鞋子，第一個邁開步伐，左容、左易緊隨其後。花忍冬則是一把扯住歐陽明，拉著狀況外的他往上走。葉心恬與林綾仍舊墊後。

雖然心裡同樣在意夏蘿的安危，但歐陽明卻覺得好像有哪裡不太對勁。

「花花，我們不是只有七個人嗎？林綾剛剛提到的莉莉又在哪裡？」

「哪，莉莉就走在小夏前面。有看到嗎？」花忍冬瞥了他一眼，手指往前方一指。

歐陽明瞇細了眼睛，藉由小徑兩旁的紅燈籠往夏春秋前方看去。當一雙蒼白細瘦的腳映入眼裡時，歐陽明冷汗直流，身子搖搖晃晃，差點雙腿一軟，跪坐在地。

「花、花花……」歐陽明聲音像波浪般起起伏伏，「我是不是眼花了？為、為什麼……我只有看到一雙腳？」

「嘿，歐陽，你可別昏倒，人家不想扛著你上山。」花忍冬使勁抓住歐陽明的手臂，以免好友真的摔下山。

聽著花忍冬沒好氣的抱怨，葉心恬挽著林綾的手忍不住又緊了緊，歐陽明的心情她再理解不過了。就是因為害怕看到那截沒有上半身的身影，所以她才會拖著林綾走在最後方。

不過，這陣小小的騷動顯然讓左易極為不悅，他轉過頭，惡狠狠地賞了花忍冬與歐陽明一記刀子眼，那凶暴的視線就像是即將揮出爪子的野獸。

花忍冬立即噤聲，不過他還是遷怒地捏了歐陽明的肚子一把，讓歐陽明痛得眼角含淚，原本對於那截看不到上半身的身影的恐懼，好像也淡了不少。

一群人就這樣沉默地往上走，夏春秋緊緊抓著小鞋子，心心念念的都是妹妹的安危。

大約走了十分鐘左右，兩側懸掛著紅燈籠的槐山小徑終於到了盡頭。一塊平坦的草地在眼前展開，一棵棵槐樹呈圓環狀地將草地圈圍在其中；挺立在草地中央的，則是一棵比其他樹木高大不知多少倍的古老槐樹。

「到盡頭了？」葉心恬困惑地問道，她的聲音打破了這份寧靜。

「不，還沒有。」左容示意他們往前看，那雙細瘦蒼白的腳繞過了巨大槐樹，似乎要再指引一條新的路線。

夏春秋等人連忙跟上去，但才剛繞到樹後，原本清新的空氣突然滲出一絲絲甜香。

初始味道很淡，不易讓人察覺，但在極短時間內，瀰漫在空氣中的香味猛地變得甜膩，比在村子裡聞到的時候還要濃郁幾倍，甚至到了讓人覺得不舒服的地步。

「這個味道！」左容一驚，連忙拉高衣領捂住口鼻。然而先前那一刻的疏忽，已讓她在不知不覺間吸入了濃馥的香味。

左易也是同樣的反應，但終究慢了一步，如同要剝奪心智的味道竄進了鼻腔裡，讓他的大腦一片昏沉，膝蓋甚至撐不住地跪在地上。

他用力咬破舌尖，讓疼痛勉強驅散腦海裡的暈眩，然而身邊接連響起的倒地聲讓他心底湧出不祥預感。

左易艱難地轉過頭，看見夏春秋、葉心恬、歐陽明和林綾已陷入昏迷。就連左容最後也無法抵抗那股香氣，身子一軟，便倒在地上。

「林綾、小葉、小夏、歐陽、左容！」花忍冬驚慌失措地大喊。

「花、忍、冬……」左易嘶啞著嗓音喊道，他緊緊掐住掌心，讓指甲陷入皮膚裡，以避免自己的神智被黑暗吞噬。

「左易！」花忍冬連忙跑到左易旁邊，「你還好嗎？」

「去找一根……尖一點的樹枝……給我……」

「啊，好、好。」雖然不知道對方爲何提出這個要求，但瞧著左易勉強保持住意識的艱困模樣，花忍冬不敢遲疑，連忙跑到小徑上，從槐樹以外的樹木上折斷一根樹枝，再匆匆趕回左易身邊。

只見染著暗紅髮色、相貌俊美的少年抓緊樹枝，眼神狠厲，竟是毫不留情地將尖端往自己肩膀扎下去，硬生生刺出一個血洞。

「左易！」花忍冬看得膽戰心驚，從沒想過有人可以對自己這麼狠。

「閉嘴！」左易不耐煩地皺起眉，將樹枝從傷口裡拔出，如火燒一般的劇痛總算讓他的意識清醒許多。他一把撕破衣服下襬，示意花忍冬幫他包紮肩膀。

看著面不改色、一雙狹長的眼滿是陰狠的左易，花忍冬第一次打從心底覺得：啊，這個人眞可怕。

不只花忍冬對左易抱持著畏懼，左易對於對方竟不受香味影響一事也心生疑慮，但這時顯然不適合探討這些。兩人視線飛快環視周圍一圈，下一瞬間，雙雙定格在某處。

披著白色裙襬的細瘦雙腳並沒有消失，它就站在一條被雜草掩蓋，但仍隱約看得出輪廓的小路前方。

然而就在花忍冬與左易朝那處邁出第一步時，蒼白的腳就像是被風吹散的沙子，瞬間崩解消失，什麼也沒有留下……

□

夏蘿覺得頭很痛，反胃的感覺讓她很不舒服，逼得原本暈沉的神智不得不從黑暗中掙脫出來。

她掙扎著撐起上半身，雙手壓在地面，想吐的欲望來勢洶洶，但除了幾聲乾嘔，卻什麼也吐不出來，只能發出可憐兮兮的喘氣聲。

她胡亂地擦擦嘴角，髮絲黏在臉頰上，看起來極爲狼狽。

當她抬起眼時，周遭景象卻讓她的呼吸不自覺急促起來，她瞳孔收縮，如同看到了什麼恐怖的東西。

一團團藍色磷火飄在半空中，蒼藍的焰光雖然微弱，卻大致映照出周邊的輪廓。

這是一幢不知廢棄多久的屋子，簡陋的木頭家具，牆角處結了一張張蜘蛛網，就連玻璃窗上都出現裂痕。

但是，讓夏蘿恐懼的並不是她所處的屋子如何破舊，而是屋子裡散發著一股刺鼻的腐敗味道。就像是肉類沒有放進冰箱，在烈陽的曝曬下，漸漸變質發臭。而味道的來源……

夏蘿用力咬住嘴唇，兩隻小手把口鼻捂得更緊了，如果不這樣做，她怕自己會尖叫出聲。就在斜對邊的角落裡，她看見兩具小小的白色骷髏，以及一雙死白浮腫的雙腳。

就只有一雙腳而已。

夏蘿看不到屬於那具身體的頭顱、手臂，甚至是軀幹，那雙白色小皮鞋上頭的艷紅蝴蝶結幾乎要刺痛她的眼。

強烈的腐臭味就是從那個角落傳來的，更正確一點的說法，是從那不知潰爛多久的雙腳傳出。蒼蠅在上頭不停打轉，發出了嗡嗡嗡的聲響。

夏蘿驚懼地瞪大眼，她想後退，想逃離這裡，但才剛後退幾步，卻突然撞到了什麼。

她反射性回過頭，發現自己身後不知何時竟站了一個人。但是……那眞的是人類嗎？

夏蘿覺得身體很冷，就像是有人從背後倒了一盆冰塊，讓她渾身不受控制地發著抖。

那是一名披散著長髮的纖細女性，而那雙注視著她的眼睛，卻是純粹的幽綠色，沒有眼白、沒有眼珠。夏蘿記得這雙可怕的眼睛，她在民宿的窗外看到她，在花家二樓的房間裡看到她，同時也是她將自己帶走的。

但是夏蘿不懂，這個人爲什麼會變成這樣？她明明就是——

夏蘿張著嘴巴想要說些什麼，卻看到女子無血色的臉孔上露出一抹歪斜的笑意，那神情揉合著溫柔與瘋狂，讓人無比心驚。

她瑟縮地想要和對方拉開距離，但女子卻伸出顏色死白的手指，緩慢摸向夏蘿的臉頰。

「我的寶貝。」她的聲音如此溫柔悅耳。

夏蘿害怕地別開臉，頭疼與反胃的感覺越加明顯，體內彷彿有道聲音在大聲示警。

對於夏蘿的抗拒，女子先是愣了下，但隨即輕笑出聲，如同自言自語般地說著，「啊，我忘了，吃飯時間到了。寶貝，妳一定是肚子餓了吧？媽媽拿東西給妳吃……」

披散著長髮的女子搖搖晃晃地走向床板，在夏蘿恐懼的注視下，她竟然從被子裡拿出一團散發著惡臭、滴著黑血的肉塊。

「來，吃飯囉，好孩子要多吃一點才會長大。」女子笑容溫柔，但那雙幽綠的眼睛卻閃爍著不屬於正常人的狂熱。

眼見對方一步步逼近自己，夏蘿想也不想地抓過一旁的矮凳子，使盡力氣朝女子扔去，甚至連多看一眼也不敢，拔腿就往門口衝。

心臟撲通撲通狂跳，手腳也在瑟瑟發抖，但夏蘿知道，不能再待在這棟屋子裡了，這是她唯一的機會！

破敗的大門彷彿風吹就會鬆脫下來，夏蘿拚命往前跑，小小的腳丫在地面上踩出凌亂的聲響。下一秒，身後猛然炸響的聲音卻絆住她的腳步，讓她不自覺轉過頭，向後看了一眼。

夏蘿的眼睛裡映出了那張被藍色火焰燃燒的凳子，以及在強烈力道衝擊下突然破碎的玻璃窗，透明的碎片濺了一地。但這些都遠遠不及看到女子的雙臂在一瞬間覆上蒼藍羽毛來得可怕。

那已經無法稱之為手臂了，一片片羽毛綻開，幽藍的磷火爭相燃起，襯得女子的相貌妖嬈得可怕。

「不是……」女子的聲音依舊悅耳，卻不再溫柔，「妳不是我的孩子……」

「阿姨的孩子不是夏蘿！」明明此刻該逃跑的，但夏蘿卻捏緊小拳頭，抖著聲音大喊。

如果眼前的女子真是自己所想的那個人，那麼，她要尋找的不就是——

夏蘿思緒猛地被截斷，她看見女子輕抬右翅，一團藍色磷火以極快速度向自己衝過來。

跑！快跑！一股顫慄猛地竄上背脊，夏蘿再不敢遲疑，拔腿就跑，甚至連方向都顧不上，慌不擇路地鑽進了幽黑的森林裡。

「壞孩子，就該接受懲罰……」女子幽幽低語。

越來越多磷火緊追著夏蘿而去，她則是輕輕振了振羽毛，銀色月光從葉隙滴下，映得她的臉孔越發蒼白。

第十章

紊亂的腳步聲、急促的呼吸聲，劃破了夜間的寂靜。

夏蘿一邊跑一邊回頭看著那些緊追不捨的磷火，汗水從額頭滴了下來，滑進眼睛裡，刺得她的視線一片模糊。

肺部好似有火焰在悶燒，夏蘿每吸一口氣，就覺得體內的熱度逐漸上升。更糟糕的是，她的太陽穴不住抽痛，強烈的暈眩感一波波襲來，讓她奔跑的速度不知不覺間慢了下來。

「哥哥……小易……」夏蘿恐懼地低喊，她的雙腿好沉好重，就好像身上被突然加了大石頭，每跨出一步，就要用上更多的力氣。

明明大腦不斷下達快跑的指令，可是身體卻無法配合。眼見其中一團磷火就要直逼自己而來，夏蘿驚駭地瞪大眼——

下一秒，後方卻猛地伸出一雙手臂，粗暴地將她扯進一個溫熱的懷抱裡。

「害怕的時候就尖叫出來啊，妳這個沒用的小不點！妳忘了我們做的特訓嗎？」

左易憤怒的咆哮從上方用力砸了下來，他雙臂緊收，將夏蘿收攏在懷裡，想要以自己的身體阻擋那些蒼藍火焰。

比他慢一步探出樹叢的花忍冬在看到這幕後，心跳幾乎要停止了。但下一瞬，他卻看見了更加不可思議的畫面。

就在那些蒼藍火焰即將撞上左易的前一秒，卻像是突然被大量的水澆熄一般，發出了滋的一聲，火光瞬間不見，只餘裊裊白煙。

「這是……怎麼回事？」花忍冬不敢置信地眨了眨眼，如果不是那些白煙，他真的會以為剛剛那些疾撲而來的藍色火焰只是一場幻覺。

這詭異的一幕也讓左易愣住了，他瞪著眼前慢慢飄散開來的白煙，思緒一時轉不過來。直到受傷的肩膀因為先前的劇烈動作而傳出刺痛，他低頭看了眼從傷口處不斷滲出的鮮血，覺得自己似乎找到了答案。

「左易！小蘿！」花忍冬急忙跑上前，才想要張口詢問方才的事，卻看到左易抱著夏蘿癱坐在地上，冷汗正一滴滴從額際冒出。

「該死！」左易眉頭緊皺、表情扭曲。緊繃的神經瞬間鬆懈下來，原本被他用意志力壓制住的昏眩感再次竄出。

「左易，你還好嗎？」花忍冬的一顆心都提了起來。

「死不了。」左易齜牙咧嘴地擠出三個字，心思都放在被他緊抱在懷裡的小女孩身上。

或許是因為一連串的可怕遭遇造成了心靈與身體上的壓力，夏蘿面色蒼白、雙眼緊閉，顯然已經昏了過去。

再三確認夏蘿仍保持呼吸、身上也毫髮未損後，左易抱著她向後倒下去，他的意志力也差不多要到極限了。

花忍冬憂心忡忡地看著兩人，又看看先前蒼藍火焰出現之處，有些舉棋不定。

「花忍冬。」

左易突然喊了他一聲，因爲強忍著痛，一向張狂的聲音聽起來有些乾啞。

「看你是要把我們弄下山去，或是繼續往前走都隨便你……不過，如果你要去追查罪魁禍首是誰的話，把我用來包紮傷口的布帶走，聽說……我的血可以辟邪。」

雖然覺得左易這番話聽起來很不可思議，可一回想起那些突然消失的藍色火焰，花忍冬還是決定抱持著寧可信其有的態度。

他深呼吸一口氣，眼神從原先的遲疑轉爲堅定。不管是爲了那些昏迷的村民也好，或是爲了已經死去、卻仍爲他們指引道路的莉莉也好，花忍冬覺得自己必須要做些什麼。

察覺到花忍冬的決心，左易維持一手抱著夏蘿的姿勢，一手略顯粗魯地拆下被鮮血染紅的布條。

「謝啦。」花忍冬接過布條，彎起一雙細細的狐狸眼，露出了笑容，「替人家祈禱一下吧，左易，人家可是還沒跟林綾約過會呢。」

「你沒聽過禍害遺千年嗎？」左易嘲笑一聲，又重新閉上眼睛，大手輕拍著夏蘿的背，像是要讓對方緊繃的身子放鬆下來。

花忍冬頓時也笑了出來，朝兩人擺擺手，大步走向先前被磷火灼燒而留下痕跡的小徑。

由於這裡久未有人造訪——畢竟是被村民列為禁地的地方——雜草已長得快跟人一樣高了，再加上那些層層交疊的枝葉，實在不是一條好走的路。也虧得夏蘿先前竟然可以從那邊鑽出來，對於小女孩的堅韌毅力，花忍冬打從心底佩服。

森林裡很安靜，聽不到蟲鳴，是一種宛如死一般的寂靜。在這樣的氛圍下，花忍冬聽得最清楚的聲音，反倒是自己的心跳與呼吸。

心臟因為緊張而快速跳動，一層薄薄的汗水從脖子後滲了出來，花忍冬謹慎地邁出步伐，仔細分辨出那些遭到磷火灼燒過的枝葉及雜草，藉以尋找夏蘿最初被帶去的地點。

但當他越往深處走去，卻越發感受到無法言喻的熟悉，就好像……他很久很久以前曾經來過這裡？

花忍冬眼底浮現一絲困惑，但他很快地甩甩頭，將這荒謬的想法拋諸腦後。

不管是村裡的長輩還是母親，都殷殷囑咐過，不許擅闖神明大人的領域，他又怎麼可能跑到這麼深處的地方來呢？

當花忍冬穿過茂密的雜草，撥開垂在前方的大片枝葉時，出現在眼前的是一幢破敗不堪的老舊房子。從外觀看起來，就像是已荒廢許久了。

他怔怔地看著矗立在眼前的屋子，好像有什麼畫面閃過腦海，卻快得讓他無法捕捉。

他將這一剎那的微妙心境歸之爲錯覺，拳頭捏緊又鬆開，視線掃了周邊一圈，飛快選定一根約莫小臂粗的樹枝，毫不費力地折了下來，在尖利的斷口纏上沾著左易鮮血的布條。

握緊這根充當臨時武器的樹枝，花忍冬謹慎地走向那棟破敗屋子。然而當他踏進屋裡後，一股腐敗刺鼻的味道頓時迎面撲來，如同要麻痺人的嗅覺神經。

花忍冬反射性地屏住呼吸，只是當那些老舊的木頭家具晃進眼裡，那股說不清的熟悉感又竄了出來的時候，眼前空間忽地一陣扭曲，大片黑暗瞬間吞噬了殘破的屋內擺設。

他繃緊神經，揮著樹枝迅速掃了四周一圈，卻什麼也沒有碰觸到。

就在這時，一團微弱的蒼藍火光突然從黑暗中躍了出來，輕輕搖動著。

然後是第二團、第三團火焰……

那些磷火在半空中幽幽閃動，蒼藍的火光將這片黑暗映照得詭譎美麗，卻又讓人毛骨悚然。

花忍冬揣緊了樹枝，五感的敏銳度在這瞬間提到最高，他小心翼翼地注意著周圍動靜。

在磷火的簇擁下，一抹纖細身子如同撕裂黑暗般，輕巧地落至地面。長長的黑髮遮住了臉孔，讓花忍冬看不真切。

雖然從對方的身形可以判斷出那是一名女性，但花忍冬卻無法將對方當作人類看待。沒有任何人類會在本應是手臂的位置，長出一對覆著羽毛的翅膀。

「妳是誰？爲什麼要抓走小蘿？」花忍冬拉高聲音質問，小臂粗的樹枝橫在身前，警戒地瞪著對方。

「我的孩子、我的寶貝……」女子悅耳的嗓音輕緩地迴盪在空間裡，「你知道我的孩子在哪裡嗎？」

她如同自問自答般，對花忍冬拋出問題後，又喃喃說道：「不……你不知道……」

只見她輕搧了下雙翅，下一瞬間，一片片蒼藍羽毛突然疾射而去。

「什——！」花忍冬一驚，反射性揮動手中的樹枝，卻只聽到篤篤篤的聲音傳來，他甚至來不及看清楚是什麼東西製造出聲音，臉頰與手臂肌膚已先傳來陣陣刺痛。

花忍冬抹了抹傳來疼痛的臉頰，卻看見手上沾了艷紅液體。他又瞥向自己露在袖子外的手臂，原本光滑的肌膚也被劃出道道血痕。

原本以爲柔軟無比的羽毛，竟擁有刀片般的鋒利！

實在太糟糕了。花忍冬暗叫不妙，自己唯一的防身武器就是一根樹枝，要怎麼躲避掉那些羽毛呢？

花忍冬瞟了眼綁在尖銳斷口處的紅布條，心思迅速轉了一圈，最後決定不顧一切地朝女子衝過去。

「愚蠢的孩子。」低柔的嗓音如同風一般揚起，只見女子再次揮翅，強勁的氣流猛地往花忍冬襲去，伴隨而來的，還有一片片如刀鋒尖銳的藍羽。

花忍冬前衝的步伐猛地被中止，氣流強勁到讓他無法前進，甚至將他的身體掀翻在地。

撞擊感才剛傳來，數片尖羽便立即斜射而下，穿透了他的掌心後又消失不見，帶出一蓬艷紅鮮血。

「唔！」花忍冬吃痛地悶哼一聲，掙扎著想要坐起身，可是身上就像壓著看不見的重物，讓他僅能勉強動動手腕。

儘管雙掌被扎出深深血洞，花忍冬還是拚了命地伸長手，試圖抓回掉到一旁的樹枝。

與花忍冬隔著一段距離的女子就像厭煩了一般，瞟了他一眼，看著被自己輕而易舉擊倒在地的少年，蒼白的嘴唇微微蠕動了下。

然後，原本懸浮在花忍冬上方的藍色羽毛忽然從尖端躍出了火苗，僅僅一眨眼的時間，所有羽毛便全數化爲蒼藍的火焰，緩緩降到花忍冬身上。

他絕望地閉上眼，原以爲下一秒席捲而來的會是可怕的高溫，但當那些本該灼熱無比的火焰覆上皮膚時，他卻覺得異常溫暖。

沒有傳出燒焦的氣味，也沒有身體被焚燒時發出的痛苦慘叫，女子原本轉身欲走的步子頓了頓，吃驚地回過頭。

那些蒼藍火焰雖包裹住了花忍冬全身，但一會兒過後，它們竟如同冰塊一般慢慢消融。

「怎麼可能？」她不敢置信地搖搖頭，雙翅一振，迅速躍至花忍冬身邊，彎下腰，想要探看究竟發生了什麼事。

但是，閉著眼睛的少年卻突地睜開眼，被尖銳羽毛扎得鮮血淋漓的右手不知何時已抓住了樹枝。他左手一把扯住女子長長的黑髮，將她的身體往下拉，右手則是快狠準地揮出。

花忍冬的手勁大得可怕，女子毫無防備之下，被那根尖端綁著沾血布條的樹枝狠狠插進前胸，從後背貫穿而出。

恐怖的疼痛讓女子淒厲地尖嘯起來，原先覆著羽毛的右翅恢復成細白的手臂，痛苦地抓住那根扎在心口的樹枝，一把抽了出來。

噗嗤！溫熱的血液如泉水般噴濺而出，灑了花忍冬一頭一臉，但他卻像是看到什麼可怕的東西，驚駭地瞪大眼，瞳孔猛地收縮，揪著女子頭髮的左手無力地垂了下來。

從女子黑瀑般披垂的長髮底下，他看見了一張無比熟悉卻不應該出現的臉孔。

花忍冬嘶著氣，從指尖到腳趾都在哆嗦。他不只一次抱著對方的照片，一遍遍思念著，他怎麼可能忘記他朝思暮想已久的那張臉！

如果這是一場惡夢，誰來讓他從夢中脫離出來？

溫熱的鮮血滑進了他的嘴裡，鐵鏽般的腥味迅速擴散開來，花忍冬喉頭滾動，不自覺地嚥下那些血。

然後，他顫抖著嘴唇，吐出了絕望又震驚的兩個字。

「媽媽……」

極輕的聲音卻如同千斤重一般，敲進了女子的耳裡、心裡。扭曲的濃綠眸子瞬間褪去瘋狂，她怔怔地望著底下的花忍冬，僵硬地伸出手，碰觸著那張年輕的臉孔。

有什麼畫面從指尖處流洩進來。

她看見一名粗獷高大的男人微笑地喚著她的名，輕輕的「繡眉」兩字卻包含一切情意。

她看見自己懷胎十月，生下了孩子，丈夫低聲地說「這孩子就叫忍冬吧，像忍冬花一般地堅忍不拔」。她想要伸手抱抱孩子，卻因爲身子太過虛弱，與孩子的距離從此咫尺天涯，她永遠抱不到自己的孩子了……

她不甘心，她渴望碰觸自己的孩子，那股強烈的執著讓她最終化成妖魔，燃起磷火，披上羽毛，不斷地在黃昏與夜晚裡尋找。

然後，她終於找到了那個小小軟軟的可愛孩子，肉乎乎的模樣讓人打從心底疼愛。她悄悄地從搖籃裡抱起了年僅一歲的孩子，將他帶到槐山的屋子裡一塊生活。

但是，已經不是人類的她無法哺乳，她只好割開手腕，讓小小的孩子吸吮著她的血。她原以爲，兩人可以就這樣日復一日地生活下去……

卻在孩子三歲那一天，有人找上門來了。

那是一名髮色如墨、膚色如雪的女性，一雙眼睛冷漠卻又好似能看透一切。妖魔的直覺讓她打從心底感到害怕，渾身不受控制地發抖。

「我來帶走這個孩子，他不屬於妳的世界。」

那名有著冷漠眼睛的女子這樣說，一瞬間，憤怒壓過了害怕，本能在大聲咆哮，殺了這個意圖拆散他們母子的人！

但是最後的下場，卻是她的翅膀被斬斷，覆蓋在身上大大小小的傷口讓她連爬起來都做不到，只能眼睜睜看著心愛的孩子被人帶走。

就在黑暗即將吞噬意識前，她聽到了輕巧的腳步聲走進屋子裡，有一道優雅的嗓音如玻璃珠般落下。

「和我約定，完成我的願望，我便達成妳的心願。」

不管那是誰，只要能讓她再見到孩子，要她做什麼都願意！她緊緊抓著救命的稻草，不想鬆開。

爲了休養身體，讓翅膀重生，她寄生在一名人類女子身上，陷入了沉睡，直到近年才終於甦醒。

但她卻沒有料想到，對方的言語是包裹在糖衣裡的毒，蒙蔽她的雙眼、蠱惑她的神智，讓她與心愛的孩子同住在一個屋簷下，卻始終沒有察覺。

柳繡眉悲哀地凝視著身下的少年，那眉那眼，她本該如此熟悉，卻與他一再錯過。

「忍……冬……」

輕緩哀傷的兩個字驟然敲碎了靜止的時間，花忍冬驚恐地瞠大眼，瞪視著母親胸口上的深深血洞，濃烈的血腥味嗆得人快要窒息。

「呀啊啊啊啊啊啊啊——！」

他再也控制不住潰堤的情緒，淒厲地尖叫起來。他的母親變成了似人非人的怪物，他親手刺穿了母親的心臟，還有比這更瘋狂的事情嗎？

「忍冬、忍冬！」柳繡眉心焦地喊著他的名字，手掌緊緊按住他的眼，不願讓他看見自己可悲的模樣。

但花忍冬卻如同崩潰般，抓著頭髮絕望地哭喊，眼淚溢了出來，沾濕了臉頰，也沾濕了柳繡眉的手指。

柳繡眉低下頭，額頭抵著花忍冬，沒有眼珠眼白的綠色眸子緩緩滑下兩行鮮紅的液體。

「我可憐的孩子……」她喃喃地說，鮮血不斷從嘴角滲出，身體又沉又重，被貫穿了前胸後背的傷口，是火燒的疼。

她將冰冷的嘴唇貼上花忍冬的耳朵，吐出最溫柔卻也最悲傷的言語。

「忘了這一切吧，你並沒有被妖魔抓走，是神明大人太喜歡你了，才會將你帶走，你的力量是神明大人賜予你的……你飲的不是妖魔的血，是乾淨的水……我的寶貝，你所斬殺的只是一隻惡貫滿盈的妖魔……」

她不斷在花忍冬耳邊編織謊言，一字一字刻進他的腦海裡，然後謊言將會變成眞實。

她最心愛的孩子啊，忘了她這身可悲又可怕的模樣吧。

柳繡眉深深地望了花忍冬一眼，在他的額頭上落下一個如同羽毛般輕柔的吻。瞧著身下的孩子慢慢停止哭泣，激烈的呼吸也逐漸平穩下來，她微微一笑，心滿意足地看著兒子，安靜等待著身體即將崩毀的那瞬間。

先是手，然後是腳，身體的每個部位就像是由沙子堆塑起來，但被風輕輕一吹，就化成了細細的沙粒，漫天飄散。

「忍冬，媽媽眞的……非常、非常愛你……」

當頭顱也如同沙粒般崩解、消逝在黑暗中時，那溫柔又悲傷的低語輕輕地拂過花忍冬耳邊，但已陷入昏迷的少年卻再也聽不到了。

尾聲

當花忍冬清醒過來時，映入眼底的是熟悉的天花板圖案，還有幾顆突然湊過來的頭顱。

「醒了醒了，花花醒過來了！」歐陽明欣喜地喊著。

花忍冬覺得，如果歐陽明的手中不要抓著洋芋片的話，他會更開心一點。

「你也睡太久了吧。」

葉心恬雙手環胸地睨著他，雖然語氣高傲，不過還是可以聽出蘊含在其中的關心。

「果然是禍害遺千年。」

左易冷嘲熱諷的聲音從一旁傳來，花忍冬轉過頭，正好看見那名發話的紅髮少年在嘗試幫夏蘿綁頭髮。

他沉默了下，決定還是把視線轉回來比較好。難道現場沒有人覺得，左易正在踏上不歸路嗎？

「精神看起來很好。」左容淡淡地瞥了他一眼。

這句話聽起來跟「天氣很好」似乎是差不多的等級，花忍冬不由得哀傷了一下。

「花花，身體還好嗎？有沒有覺得哪裡不舒服？」

看到夏春秋一臉關切的神色，花忍冬差點感動到痛哭流涕了。聽聽，這才像是人話啊！

「既然清醒了，就先坐起來吧，不然我有點想要從你身上踩過去呢。」

林綾笑容恬淡溫婉，但是一雙似水的眸子卻閃爍著再認眞不過的光芒。

其實，花忍冬很想說「林綾妳就踩吧，人家完全不介意」，不過估計說出這句話之後，被一眾好友當變態的機率比較大，所以花忍冬還是聽話地坐了起來。

只不過一有動作，他就覺得渾身上下痠痛不已，好像被人痛揍過一頓似的。可是低下頭瞧了瞧，卻沒瞧見半絲傷痕。

「眞是奇怪。」他困惑地看著掌心，總覺得自己是不是忘了什麼？

但不管他怎麼回想，停留在腦海的最後記憶都是他沿著藍色磷火焚燒的痕跡，追至一幢破敗廢屋前，屋子裡空蕩蕩的，顯然很久沒有人在裡邊居住了。

「在想什麼？」林綾問道。

花忍冬搖搖頭，秀氣臉龐堆起笑，很快地轉移話題，「對了，我們是怎麼被發現的？」

林綾輕聲細語地將之後發生的事情大致說了一遍。

就在花忍冬隻身上山的時候，夏春秋是最先甦醒過來的。雖然不知道爲什麼，不過他還是趕緊將其他人搖醒。

幸運的是，不管是左容、林綾、葉心恬，還是歐陽明，都不像山下的村民們陷入深層的昏迷，五個人確認彼此無恙後，就匆匆往山上趕去。

他們在半路又發現了左易與夏蘿，歐陽明、葉心恬負責留下看顧兩人，夏春秋與林綾、左容則是繼續往深處走，穿過了雜草叢生的小徑，最後在一棟老舊屋子裡找到昏倒在地的花忍冬。

「花花，這給你。」林綾朝花忍冬伸出手，掌心上平放著一枚蒼藍色的柔軟羽毛，「這是我們發現你的時候，你緊抓在手裡的東西。」

「咦？」花忍冬詫異地看著羽毛，想不明白自己先前怎麼會抓著這東西不放？

「花花，你不收下來的話，我要拿走囉。」葉心恬瞧著他發懵的表情，唇角彎了彎，就要伸手攔截。

「開什麼玩笑，這可是人家的東西呢。」花忍冬眼疾手快地抽走羽毛，細細打量覆蓋在上頭的美麗藍色，不知道爲什麼突然有一種很安心的感覺。

「說不定是神明大人送給人家的禮物呢。」花忍冬喜孜孜地說道，寶貝地將羽毛揣進懷裡。

「眞好啊，我也想遇到神明大人。」葉心恬露出一抹嚮往的神情，但很快又補充一句，「不過別把我神隱就……啊！」

意識到這句話不太妥，她連忙捂住嘴巴，緊張地看了看其他人。

她想到被村人們冠上神隱之名的莉莉，但是只有葉心恬他們才知道，莉莉並不是被神隱，而是——

只不過比起告訴許慧馨這個殘忍的眞相，讓她相信莉莉是被神明大人帶走似乎比較好。

雖然葉心恬也知道，只有當事人才有資格判定是好是壞。

瞧著氣氛一瞬間變得尷尬，歐陽明三兩口呑下洋芋片，迅速開啓一個新話題，試圖拉開眾人的注意力。

「我在想啊，懸槐祭結束之後，暑假就只剩四天了。我們要不要再找個地方大家一塊出去玩？」

葉心恬頓時鬆了一口氣，朝歐陽明送去一記感謝的眼神。

「這個主意不錯。」花忍冬興致勃勃地附和，一雙靈活的眼珠子轉了轉，依序掃過林綾、左容、左易、歐陽明、葉心恬，最後落到夏春秋身上，「小夏，人家跟林綾、小葉還有歐陽，都曾提議過去哪裡玩，啊，雖然都只是去各自的村子。不過一人一次才公平，這次輪到你了，你有什麼想去的地方嗎？」

花忍冬自動跳過了左家雙子的意見，直接將問題拋向夏春秋——反正只要是夏春秋或夏蘿希望的事，左容、左易幾乎不會提什麼反對意見，也就是所謂的射人先射馬。

夏春秋愣了下，但他隨即收起吃驚的表情，閉上眼仔細地想了想。

在花忍冬等人的注視下，他像是想到什麼，睜開眼睛，露出一抹懷念的表情。

「我想要去看看媽媽以前待過的村子。聽爸爸說，那是一個很漂亮的地方。」

「夏蘿也想去。」窩在左易懷裡的夏蘿抬起頭，一雙黑澈的大眼睛瞧了過來。

「這樣啊，你們母親住的村子叫什麼名字？說不定人家有聽過喔。」

「是黃槐村。」

夏春秋靦腆的聲音與夏蘿稚氣的童音疊合在一塊，但是落在花忍冬耳裡，卻讓他忍不住發出詫異的音節。

「小夏、小蘿，你們確定沒記錯嗎？如果眞是黃槐村，那咱們只要繼續留下來就好了。」

在眾人費解的注視下，花忍冬笑盈盈地說出答案。

「因爲啊，代神村以前的名字，就叫黃槐村。」

〈代神村〉完

番外 花忍冬的遊樂園時間

微風徐徐地自室外吹進，搭配著電風扇的運轉，替敞開落地窗的客廳帶來一陣舒服的涼意，一點也沒有夏日午後的燠熱。

比起稍嫌悶熱的綠野高中宿舍，這邊的環境可真是好太多了。

也不能怪藍姊沒事就乾脆窩到夏舒雁的屋子來打發時間。

畢竟這裡有可愛的夏蘿可以看，有冰涼的啤酒可以喝，而且還有夏舒雁可以欺負。

內心毫無要尊重屋主的想法，綁著簡單馬尾的年輕舍監輕啜了一口猶帶氣泡的啤酒，視線沒有離開擱在膝蓋上的書。

從她佔據長沙發大部分位置的坐姿來看，她簡直比窩在角落的夏舒雁還要更像這地方的主人。

正巧從二樓走下來的夏春秋頓了下腳步，差點想揉揉眼睛。自家小姑姑跪在地上，將筆電放在沙發墊上使用的模樣，乍看下就像一名受到欺負的可憐小丫鬟。

——如果那名「小丫鬟」沒有時不時發出怪異的笑聲的話。

「小姑姑……」跟著夏春秋一塊下樓的夏蘿也看到客廳的景象，「在罰跪？」

「哎，春秋、小蘿你們下來了啊。」聽見聲音的夏舒雁回過頭，她推推滑下鼻梁的鏡架，笑咪咪地解釋，「沒有、沒有，小姑姑沒有在罰跪，我這只是……」

「在嘗試如何更加痛苦地使用筆電嗎？」藍姊淡漠的嗓音響起，「好好的桌電不用，卻跪在這裡用筆電。雁子，我沒想到原來妳是這種受虐狂。」

「呸呸，誰受虐狂？」夏舒雁連忙反駁，「阿藍，妳不要亂替我增加錯誤的屬性。而且我的桌電正在掃毒啦，用什麼都會卡卡的，當然是用筆電比較方便。」

隨即她又轉頭對站在樓梯的姪子、姪女說道：

「我這不是在用滑鼠刷網頁嗎？沙發的高度剛剛好，所以小姑姑才會是這種姿勢啦。小蘿，妳不要誤會，小姑姑絕對沒有在罰跪的。」

「雖然小姑姑妳這麼說……」夏春秋撓撓臉頰，「但是跪在地上很不舒服的，還是趕快坐回沙發上比較好吧。」

「嗯。」夏蘿向來對哥哥的話極爲尊崇，「小姑姑要聽哥哥的話，這樣才乖。」

「好好好，再一下下就好了……」夏舒雁做了個發誓的動作，重新將頭扭回去，繼續快速滑動滑鼠的滾輪。

知道夏舒雁一做事就會相當專心，夏春秋也沒再追問對方究竟是刷什麼網頁那麼認眞，他牽著夏蘿的手往玄關走去。

「小姑姑，我和小蘿出去買個東西喔，有需要幫妳和藍姊帶什麼嗎？」

「我不用了。」藍姊從書裡抬起頭，雙眼望向站在玄關處的兄妹倆，「外面陽光大，記得戴頂帽子出門。」

夏蘿很乖巧地舉起手中的兩頂草帽給藍姊看。

「我也不用了。春秋，要小心別中暑喔。」夏舒雁嘴裡叮嚀著，目光正要從筆電螢幕上離開，沒想到剛好瞥見一則讓她瞪大雙眼的消息，「欸欸欸——真的假的!?」

「小姑姑，怎麼了？」夏春秋嚇一跳，連忙和夏蘿回到客廳，「發生什麼事了嗎？」

「是好事，好事啊！」夏舒雁難掩興奮地從地上爬起，抓著自己的筆電向其他人展示，「快看！小姑姑我中獎了！」

一聽這話，夏春秋和夏蘿下意識地湊向前，兩雙睜圓的眼睛在臉書網頁上搜尋起夏舒雁的名字。

「在最下面這裡，有沒有？」怕他們倆一時找不到，夏舒雁出聲提示。

於是兩雙烏黑的眼睛不約而同地落至同一個地方。

那的確是一則免費入園劵的得獎公告，來自夢想樂園。

夏春秋聽過這名字，是一座位在鄰市、規模不小，且以浪漫和少女情懷聞名的遊樂園。

不過比起這個，更重要的是……

「沒有小姑姑的名字。」夏蘿困惑地說。

沒錯，不論怎麼看，就是沒看見「夏舒雁」三個字。

反倒是夏春秋注意到三名得獎人之中，有一人碰巧姓藍，大名還是非常有武俠風格的藍鳳凰。

而說到藍……

夏春秋小心翼翼地覷向沙發上的藍姊，後者似乎一點也不關心自己的高中同學有沒有中獎。

藍鳳凰……藍姊……應該不會吧？

夏春秋心裡剛抱持著這個念頭，下一刻，夏舒雁爽朗的笑聲就將他的僥倖打破。

「因爲我塡的是阿藍的名字嘛！」夏舒雁放下筆電，得意地說。她話聲方落，就立刻引來藍姊鋒利的眼刀。

就連夏春秋也不由得露出目瞪口呆的表情，覺得自己在今天得知了一個驚天之祕。

藍姊的全名……原來眞的就叫藍鳳凰⁉

「妳說妳塡了誰的名字？」藍姊書也不看了，她陰森森地瞪著夏舒雁，手上抓的書本似乎隨時會朝對方扔出去。

「哎唷，就是阿藍妳的名字啊。」夏舒雁渾然沒嗅到危險的氣息，沾沾自喜地說，「妳看，夏舒雁三個字雖然給人的感覺是秀外慧中，特別有意境。但相較起來，還是阿藍妳的名字更有個性嘛。」

「秀外慧中……哼哼。」藍姊從鼻間發出哼笑聲，那張冷淡的面容上毫不掩飾地寫著大大的鄙夷，「夏氏舒雁，妳確定妳不是金玉其外、敗絮其中嗎？」

「妳這樣誇我我會不好意思啦，我的外表沒到金玉那麼華麗啦。」夏舒雁樂呵呵地說道，自動無視了藍姊對她的後半句評論。

夏春秋只能苦笑。小姑姑，成語不是這樣亂用的啊……

「雁子，妳的厚臉皮總是不斷刷新我的認知。」藍姊面無表情地說，暗中攢緊發癢的拳頭。要不是顧及還有兩個小孩子在場，早就直接武力鎮壓了。

「哥哥，藍姊的名字是什麼？」夏蘿仰起頭，細聲地問著兄長。先前她顧著找「夏舒雁」三字，自然也就沒留意其他得獎人，「爲什麼小姑姑會說有個性？」

夏春秋頓時語塞。他有種直覺，要是他告訴小蘿藍姊的全名，自己之後肯定會倒大楣。

——同一時間，來自藍姊冷颼颼的目光，無異是在證明自己的直覺無誤。

「呃……」偏偏夏春秋不擅長說謊，面對夏蘿那雙黑亮的大眼，他的舌頭更像打結了。

「只有長大的小孩子才會知道阿藍的全名喔。等小蘿變成長腿美少女，就能知道囉！」

解救夏春秋於苦海的是夏舒雁，她面不改色地哄騙著小姪女，換來對方認眞地點點頭。

藍姊滿意地把抵在夏舒雁後背的腳收回。假使這人敢再宣揚她的本名，她就要不客氣地一腳踹出去了。

沒瞧見兩名大人間的小動作，夏春秋拍拍胸口，露出鬆口氣的神情。

這模樣被夏舒雁納入眼裡，頓覺好笑又可愛。她朝夏春秋招招手，待人乖巧地靠近，她伸手搓揉了一下那顆毛茸茸的腦袋。

「春秋啊，等我和阿藍先去探完路，下次再帶你們去夢想樂園玩。」

「……慢著。」藍姊不能再無動於衷下去了，她的眼刀子戳向夏舒雁，「妳說誰跟？」

「妳呀，阿藍。」夏舒雁理所當然地說，「妳看我多有同學愛，免費的票都沒忘記先和妳分享。」

「如果我沒忘記，那還是用我名字抽到的……算了。」藍姊放棄再討論這個話題。她雙手環胸，不客氣地用腳尖踢踢夏舒雁的小腿，「爲什麼我得陪妳去遊樂園？」

「因爲我們都沒男朋友嘛。」夏舒雁哈哈一笑，一點也不在意自己這把年紀依舊單身。

「呵呵，妳本來可以有個未婚妻的。」藍姊皮笑肉不笑地捅刀回去。

夏舒雁笑臉一垮，想起當初曾誤撿冥婚紅包的事了。

「未婚妻？」夏春秋沒漏聽這個關鍵字，他大吃一驚，隨後又嚴肅地向夏舒雁說，「小姑姑，我是站在多元成家這邊的，妳不用擔心。」

「咳咳咳咳！」見自家姪子誤會，夏舒雁趕忙擺擺手，「春秋，別聽阿藍在那邊胡說八道……哎唷，阿藍妳就陪我去嘛，去嘛去嘛去嘛！重點是票免費耶，還是ＶＩＰ等級的，玩部分遊樂設施可以快速通關的那種耶！」

「……那天的午餐錢妳要負責包。」藍姊態度總算鬆動，「所以，雁子妳想去遊樂園的眞正目的是什麼？都一把年紀了，就別假裝自己還有青春可以到那邊揮霍。」

「果然是阿藍妳懂我。」夏舒雁對藍姊的刻薄言語早就習以爲常，她朝對方豎起了大拇指，「其實我呢，是打算到遊樂園爲下一本作品取材。風格會有些改變，會有許多朝氣蓬勃的少年少女們，還要充分探討這些年輕人之間的關係；當然，促進感情的刺激氛圍也是絕對不能少的。」

「小姑姑……」夏春秋納悶地問，「這些聽起來有點耳熟耶。」

「因爲她之前寫恐怖大逃殺小說的時候也是這麼說的。」藍姊乾脆俐落地拆了夏舒雁的台。

「我又沒說錯。」夏舒雁扳著手指數，「你們看，朝氣蓬勃的少年少女，等於很多受害者；探討這些人之間的關係，我會很認眞地描寫他們爲了生存下去，所產生的你死我活的鬥爭；至於促進感情的刺激氛圍……追殺、逃跑、生死一瞬間都是能增加恐懼感的，恐懼也是一種感情呀。還有還有……」

早在夏舒雁開始舉例子的時候，夏春秋就迅速摀住夏蘿的耳朵，小孩子不適合聽血腥話題。

「所以妳這次到底是要寫什麼？」藍姊不耐煩地打斷她的話。

夏舒雁興高采烈地宣布，「遊樂園殺人事件之愛與恐怖與怪物！」

「……這名字聽起來爛透了，還毫無邏輯可言。」藍姊冷酷無情地做了結論，「更不用說妳去遊樂園，是想把那些年輕小鬼當作妳的角色參照，妳的秀外慧中就是這樣表現的？」

「反正鐵定比阿藍妳溫柔又賢慧多了，之前喔……」夏舒雁嘖嘖作響地搖著頭，「不知道是誰差點要拿球棒，往偷溜進宿舍的小偷肚子上掄下去的。」

夏春秋還是頭一回聽見這事，眼睛登時瞪得又大又圓。

被揭底的藍姊還是一派淡然，只是嘴角勾起陰冷的弧度，「那天我親戚來，小偷既然撞上來了，就獨樂樂不如眾樂樂吧，讓他也體會一下我的感受。」

「親戚？」夏春秋聽得一頭霧水，只能向兩名大人投以詢問的眼神。

「俗稱姨媽，就女孩子的ＭＣ啦。」夏舒雁大剌剌地說，「春秋你沒聽說過嗎？女性那個來的時候，有時會像被人拿球棒往肚子打呢，也難怪阿藍那時候想讓那名小偷感受一下。換作是我，大概也會吧。」

夏春秋聽得張口結舌，他從來不知道女性在這種時期容易狂暴化……原來是有原因的。

「也會？小姑姑也會什麼？」發現搗在雙耳邊的手掌不知不覺中鬆開了，聽聞後半句話的夏蘿好奇問道。

「先不管我會什麼，小蘿啊，妳知道女生的姨……」夏舒雁的話尚未說完，立刻被自家姪子匆匆忙忙截斷。

「小姑姑，我帶小蘿出門了，我們還要買東西呢！」夏春秋趕緊牽著妹妹的手，快步地往大門位置挪去。

雖然知道小蘿已經十歲了，一些生理知識也可以提早告訴她。

但是讓自己一個男高中生待在原地，一起聽健康教育課程……感覺也太、太害羞啦！

這幾天，夏舒雁都在爲自己的中獎運氣而得意洋洋，還打電話向夏舒桐與堇姨炫耀。

作爲人家大哥的，夏舒桐只關心夏舒雁有沒有要帶自己的寶貝女兒去，有的話記得多拍照或錄影。一聽這次沒有，就敷衍地應和幾句，不留戀地掛掉電話。

堇姨則是慢悠悠地要心智年齡三歲的夏舒雁好好玩，別走丟了，也別傻傻地被人誘拐走，然後不客氣地勒索了夢想樂園所在城市的一堆土產。

這導致夏舒雁都還沒前往夢想樂園，就覺得自己的荷包和兄長之間的兄妹情誼，好像都已經毫無夢想了。

但有句話說得好，天有不測風雲……

「人有旦夕禍福……」披著一頭亂髮的夏舒雁幾乎是用如喪考妣的語氣，對著手機的另一端說話。

「我還知道月有陰晴圓缺呢。」手機另一端的藍姊冷漠地說，「給妳一句話解釋，妳一大早吵我睡覺是爲了什麼？」

「阿藍啊——」夏舒雁悲傷地吶喊。

這對藍姊來說可稱不上解釋，她二話不說地掛掉電話，埋進枕頭繼續睡她的覺。

只不過催命般的鈴聲緊接著響起，吵得她不得安寧。

「夏、舒、雁！」藍姊火大地坐了起來，如果她的不滿能夠化爲具體，早就透過手機篤篤地將夏舒雁戳成了篩子。

「阿藍……」夏舒雁吸吸鼻子，可憐地說，「我發現一件可怕的大事，我的屁股……好像愛上馬桶了。」

什麼鬼？藍姊以爲自己聽錯了，她將手機舉到眼前瞪視一會，確定螢幕上顯示的是「雁子」兩字。

確定眞是夏舒雁打來的電話，而不是什麼變態，藍姊擰著眉、板著臉，再將手機放回耳邊。

雖說剛起床還有不小的起床氣，可藍姊的腦袋已恢復清明，能夠從夏舒雁透露的句子猜出個大概。

「妳拉肚子了？」藍姊冷冷地說，「估計妳昨天又吃冰又吃辣又吃燒烤。」

「才不是！」夏舒雁大喊冤枉，「阿藍妳太不了解我了……我當然是又吃冰又吃辣又吃燒烤，睡前還灌了一瓶啤酒！」

……活該，拉死妳算了。藍姊面無表情地這麼想，但看在同學一場的份上，她仍是勉強耐著性子再開口。

「然後呢？廁所沒衛生紙了？家裡沒人可以拿給妳了，才讓妳一大早就來騷擾我？」

「家裡的確沒人……嗚嗚，我現在的心情就像空巢老人那樣淒涼……」

「放心，妳屁股的火辣可以溫暖那份淒涼。還有我要關機了，再見。」

「咿啊啊啊！等等等等！阿藍我不會再胡說八道了，求求妳別掛電話！」

一發現藍姊要殘忍地拋棄自己，夏舒雁忙不迭地對著手機大叫。

「我有很重要的事，超級重要的！比我的屁屁還重要！沒騙妳，是夢想樂園的票，我剛剛才猛然發現它是有時間限定的！」

「不要跟我說是今天。」

「嘿嘿嘿，阿藍妳怎麼那麼聰明！」夏舒雁極力誇讚著。

「被妳這個呆子誇獎，我一點都沒有開心的感覺。」藍姊仍是缺乏起伏的聲音，「到期就到期，我可以多睡點覺，妳也可以繼續和妳家馬桶難分難捨，上演一場虐戀情深。」

「這部戲聽起來髒髒的……」夏舒雁皺著臉，未免藍姊一言不合又掐斷電話，她急急說道：「阿藍，這票浪費真的太可惜了，雙人VIP票耶，還是說妳和堇姨一起去？」

「不要，那畫面我拒絕想像。」藍姊陰森森地說，「而且妳的目的是要人取材吧？妳幹嘛不找春秋……」

頓了頓，藍姊似乎回想起來，夏舒雁家裡只剩她一人。

換句話說，夏春秋和夏蘿都出門了。

「那兩個孩子這麼早就出門？」

「對啊，說是和左容、左易一起去科博館玩……阿藍，妳真的不要嗎？要啦要啦要啦！」

「吵死了。」面對夏舒雁的死纏爛打，藍姊將手機稍微拿遠一點，「宿舍裡還有幾個小鬼在，大不了妳把票讓給他們。」

「對厚，阿藍妳真是天才！」被指點迷津的夏舒雁開心地「啵」了一聲，得到藍姊嫌棄的咂舌，「那我馬上把票傳給妳，那是用二維碼的，到時候給遊樂園的工作人員掃描就……嗚喔喔喔喔……」

夏舒雁冷不防發出詭異的呻吟，還不時伴隨著吸氣聲。

猜出對方的肚子又在強烈地刷存在感，藍姊果斷地摁斷通訊，她完全不想聽到什麼不該聽的聲音。

過不久，安靜下來的手機突地發出提示音。

是夏舒雁傳遊樂園的票過來了。

藍姊彈下舌頭，耙耙散亂的長髮，還是認命地爬起來，決定待會去問問住宿生們，有誰願意犧牲小我、完成大我，成爲夏舒雁的取材小弟或小妹。

還未等手機設定的鬧鐘響起，躺在上鋪的黑髮少女已先一步醒了過來。

將擱在床頭邊的眼鏡戴上，林綾將鬧鐘關掉，以免吵到猶在睡的鄰床室友。

簡單洗漱一番，林綾從外頭的廁所回到寢室，另一張床上的葉心恬也已經坐起來，一頭沒有打理的長鬈髮凌亂地翹著，那張嬌艷的臉蛋帶有迷濛睡意，看起來還是迷迷糊糊的。

林綾抿著淺笑，也沒出聲打擾，放任室友坐著發呆，自己則是習慣性地打開一本書，打算慢慢品味內容。

不過才剛翻開幾頁，寢室外就傳來了敲門聲。

「叩叩」的聲音讓上鋪的葉心恬嚇一跳地挺直背脊，一雙美眸也有些緊張地東張西望，直到反應過來是有人在敲門，她才鬆懈地垮下肩。

林綾前去開門，以爲是花忍冬或歐陽明，卻沒想到來人出乎她的意料。

「藍姊？」

「藍姊？」葉心恬頓時也清醒大半，她探出頭，狐疑地瞅著門口處，「舍監現在也有叫人起床的服務嗎？」

「醒了就不要在那邊說夢話了。」綁著馬尾的年輕女子嗓音森冷，替沒有拉起窗簾，也沒有開燈的寢室增添一股寒意。

葉心恬噘了下嘴，但還是乖乖爬下床去刷牙洗臉。

「藍姊，怎麼了嗎？」林綾自然不會認爲藍姊眞是過來叫她們起床的。

「雁子那邊有兩張免費的遊樂園票。」藍姊也不拖泥帶水，直接切入重點，「不過誰教她不中用，一早就在拉肚子，等能離開廁所，大概也腿軟了。她要我問問妳們，有沒有興趣去夢想樂園玩，只要順便幫她多拍點裡面的照片就好。」

「要取材用的嗎？」林綾柔柔地問道：「小姑姑這次是打算寫遊樂園相關的恐怖獵奇驚悚故事嗎？我很期待呢。」

「差不多吧。」藍姊挑挑眉梢，倒沒想到這裡居然收穫了夏舒雁的讀者一枚，「如何，有興趣到遊樂園玩嗎？記得名字是叫夢想還妄想樂園的……」

「夢想樂園!?」這一聲高分貝的叫喊，卻是來自藍姊後方。

藍姊和林綾轉頭，瞧見從廁所走出來的葉心恬一臉激動。

似乎是發現自己的情緒太過外露，脖子上掛著洗臉用毛巾的長鬈髮少女連忙繃住臉蛋，擺出高傲的模樣。

「我、我只是隨口問一下，才不是好奇。」

如果不是語氣有些虛，這份辯解可能會更有說服力。

「喔。」藍姊冷漠地回應一個音節。

「小葉想去嗎？」林綾眉眼充滿盈盈笑意，「藍姊剛剛告訴我，小姑姑抽到了免費的兩張入園券。如果小葉今天沒事的話，要不要跟我……」

林綾的邀請還沒完整說完，就猛然被急吼吼的高喊打斷。

「要要要！人家也要一起去！」

伴隨這道用的是女性化自稱，但確實屬於少年的清亮嗓音，一抹人影也跟著像道旋風般衝了過來。

外貌清秀的少年一路疾奔到林綾她們面前，再緊急煞車，還能聽見他小口小口地喘著氣，由此可見，他跑得有多急促。

「人家聽見了……」花忍冬拍拍胸口、站直身體，秀氣的臉孔笑咪咪的，但眼神不自覺直往林綾身上飄去，「林綾妳們要去夢想樂園吧？一起去好不好？正好歐陽和我也沒什麼事。對吧，歐陽……哎？人呢？」

沒得到預期回應的花忍冬納悶地扭過頭，他的身後確實空無一人。

不過眾人隨即就聽到樓梯間的沉沉腳步聲。

下一刻，一名小胖子氣喘吁吁地自樓梯口走了上來。

「花花，你也……也跑太快了吧……」歐陽明抹抹額角的細汗，「剛剛明明還在和我說話，突然間人就『咻』地往樓上衝了……」

「哎唷，這不是因爲聽見能和林綾去遊樂園玩嗎？」花忍冬摀著嘴笑。

「隨便你們要怎麼分配，總之我票給你們。」藍姊巴不得想快點把責任推出去，「林綾，票是掃二維碼的，記得幫雁子多拍點照回來就行。還有，路上注意安全，在外面鬧事的話……」

藍姊沒有說下去，只是陰森森地扯開嘴角，順帶扳折了下手指關節。

花忍冬反射性地縮起肩頭。

沒辦法，在這宿舍裡他不小心破壞的公物太多，被藍姊教訓的次數也多，導致他看到藍姊的冷笑，就會產生心理陰影。

藍姊把票傳到林綾手機後，手隨意一揮，人就下樓去了。

「那麼……」林綾看了下自己手機，再抬頭對著其他三人溫和地說，「我們四個人一起去吧，另外兩張票的錢，就大家一起平攤怎樣？」

「好好好，當然沒問題！」花忍冬用最快速度猛點頭，只差頭頂上沒明晃晃地寫著幾個大字。

——林綾說的都好。

歐陽明還是有些沒在狀況內，他剛上樓不久，前因後果都沒聽到，但他也是傻乎乎地點點頭。

反倒是先前最激動的葉心恬沒立即出聲，她眸子滴溜一轉，若有所思地落在花忍冬和林綾身上。

「小葉？」林綾含笑的眼神看向葉心恬。

葉心恬驟然回神，語速比平常還快地說道：「不、不對，我忽然想起來了，我今天和歐陽約好了！」

「咦？我？」冷不防被點名的歐陽明瞪大一雙瞇瞇眼，臉上滿是驚訝。

「對，就是你！」葉心恬大步走近歐陽明，氣勢驚人地伸手戳著對方的肩膀，「歐陽，你不是要負責幫我提東西的嗎？」

「咦咦咦？」歐陽明覺得自己頭上都要冒出無數個問號了，他完全想不起來何時答應過葉心恬，「小葉，妳是不是……」

「搞錯了」三個字還來不及順利說出口，歐陽明的圓臉倏地皺成一團。

葉心恬趁沒人瞧見的角度，不客氣地捏了歐陽明一把。

「本小姐就知道你忘記了，幸好我記憶力好。」葉心恬凶巴巴地說，同時不住對歐陽明使眼色，「你說你是不是昨天答應過我了？」

歐陽明肯定自己沒答應過，但眼看葉心恬用嘴型發出無聲的警告——給本小姐說有——衡量著自己要是不趕緊回答，大概就要迎來第二次擰捏，他迅速擺出恍然大悟的表情。

「啊啊啊！我想起來了！我、我的確是答應小葉了！」臨時要歐陽明說謊，他還說得有點結結巴巴。不過他給人的印象就是憨厚，因此也看不出有哪裡不對勁。

「我就說有嘛。」葉心恬得意地抬高下巴，「所以就是這樣囉，花花，我勉爲其難地把那張票讓給你吧。」

「啊，好……」花忍冬像是一時沒反應過來，怔怔地點頭。下一剎那，那雙細長的眼眸頓地睜大，「等一下！小葉，也就是說……只有人家和林綾去遊樂園而已嗎？」

「怎麼，你還有意見？」葉心恬瞇起眼，「要不是本小姐早有計畫……哼，你要好好照顧林綾，少一根頭髮都不行。」

「小葉，人平均一天都會自然掉落不少根頭髮的，花花怎麼可能不讓我……」林綾莞爾一笑，想要糾正室友的過度保護，但話語未盡，就先被另一道聲音蓋過。

「人家一定會好好照顧林綾的，絕對不會讓她少一根頭髮！」花忍冬嚴肅地大聲說。

雖然不知道自己的運氣怎麼會那麼好，可以和林綾一起去遊樂園，只有他們兩個人耶！但是花忍冬說什麼都不會放過這個大好機會。

他沒想到葉心恬是特意要推他們兩人一把——畢竟長鬈髮少女素來黏著林綾，就像是護食的小動物一樣。

「既然如此，就麻煩花花跟我一塊行動了。」林綾揚起淺淺的笑弧，「我們十分鐘後宿舍門口見。」

「沒問題的！」花忍冬興奮得尾音都有些顫抖，緊接著又像陣旋風般衝下樓，務必要在十分鐘內把自己打點得完美。

用最好的一面，和林綾約會！

十分鐘後。

整個人簡直像在閃閃發光的花忍冬準時出現在宿舍門口，從頭髮到鞋子，每一處都看得出特意打理過。

坐在櫃台後的藍姊隨意瞄了一眼過去，然後在心中下了評論。

孔雀。

還是盡全力開屏，巴不得吸引雌性注意的那種。

對小年輕的求偶一點興趣也沒有，藍姊再次低下頭，專注在自己手邊上的事。

花忍冬前腳剛到不久，綁著辮子的眼鏡少女也很快就出現。

林綾打扮簡單，整體服裝以輕便爲主。但看在花忍冬眼裡，只覺得耀眼無比，有如女神降臨。

兩人出門之前，也沒忘記向藍姊道別。

性子冷淡的年輕舍監只是抬手揮了揮，沒目送那兩道身影離開。

花忍冬身邊瀰漫的粉紅色泡泡，刺眼得讓藍姊實在不願意直視。

藍姊本以爲接下來自己就可以落個清靜了，誰知道宿舍大廳的安寧才不過維持片刻，便又被急促的腳步聲打散。

「快點快點，歐陽你動作快點！」嬌嗔的女聲抱怨著，「本小姐已經聯絡好人了，你太慢的話……」

「就……就可以不用去了嗎？」另一道聲音粗喘著說道，聽起來有些上氣不接下氣。

「錯，就會被本小姐踹出去！」

藍姊眉毛一挑，豈會認不出這是葉心恬和歐陽明的聲音。這兩個小鬼沒跟著一起去遊樂園，現在又想幹嘛了？

兩條人影很快就出現在大廳。

一發現櫃台後坐著面無表情的舍監時，葉心恬嚇了一跳，隨後拍拍胸脯。

「藍姊，妳怎麼不吭聲地坐在這裡？」

藍姊扯動嘴角，以眼神示意葉心恬看清櫃台上擺的金屬名牌寫著什麼。

舍監。

她是舍監，不坐這要坐哪？

「我、我這不是忽然被妳嚇到嘛……」葉心恬底氣弱了不少，她嘟嘟囔囔地小聲說，接著像想到什麼重要的事，略微緊張地問道：「藍姊，林綾和花花呢？他們出門了吧？」

「嗯。」藍姊冷淡地回予一個字，清冷的雙眼打量起穿著和往常截然不同的葉心恬。

平時總是穿著小洋裝的長鬈髮少女，如今換成風格迥異的短T、長褲搭小外套，一頭長髮還紮綁成馬尾，戴著一頂棒球帽。

歐陽明倒是沒什麼改變。

「怎、怎樣了？」總覺得藍姊那雙眼睛像能看透一切，葉心恬逞強地與她對視，但眨動頻繁的睫毛仍舊洩露出她的一絲緊張。

藍姊不聲不響地盯著葉心恬一會，就在對方反射性寒毛直豎，要像炸毛的貓咪跳起來之際，這才慢悠悠扔出簡潔的兩個字。

「沒事。」

這讓葉心恬頓覺自己白緊張了，她不滿地鼓起臉頰，哼了幾聲。

結果藍姊下一瞬間拋出的句子，讓葉心恬眞的跳起來了。

「要跟蹤的話，技巧記得好一點。」藍姊說。

「跟……爲什麼藍姊妳會知道啊？」葉心恬震驚地嚷。

「欸欸欸？」歐陽明也跟著愕然地揚高聲音，「跟、跟蹤？小葉，所以我們要去跟蹤人嗎？」

「歐陽你這個笨蛋！」葉心恬氣呼呼地瞪向歐陽明，不敢相信這個小胖子到現在才反應過來，「這不是超明顯的嗎？」

「是這樣嗎？哈哈，抱歉啦。」歐陽明好脾氣地撓著臉笑了笑。

葉心恬雙手抱胸，噘著嘴，似乎對於自己居然帶了個不可靠的隊友感到氣惱。

「行了，隨便你們要做什麼，自己注意安全就好。」藍姊說完基本的叮囑，就不耐煩地開始趕人了，「趕緊出去吧，別留在這吵我，煩。」

早習慣藍姊的尖牙利齒，葉心恬最多只是回頭衝著對方吐吐舌，然後強勢地拉住歐陽明的手，昂首大步地往宿舍外走去。

隨著大門開啓，迎面而來的不只是陽光，還有正緩速朝這方向前進的一片金光閃閃。

歐陽明的瞇瞇眼都瞪圓了，這這這……這不是小葉他們家那台堪稱是土豪金顏色的豪華轎車嗎？

簡直像活動金塊的車子在葉心恬他們前方停了下來，制服筆挺的司機下車，恭恭敬敬地為兩人打開車門。

「小葉，妳這是要去做大事啊……」歐陽明吞吞口水，「居然連車子都叫過來了。」

「不然還慢吞吞的搭電車過去嗎？」葉心恬驕傲地一甩馬尾，美眸閃閃發亮，一張比花嬌艷的容顏登時越發耀眼奪目，「本小姐可都是為了林綾。要是花花敢讓我失望的話，絕對不會讓他好過的！」

看著長鬈髮少女握著白嫩拳頭朝空中揮舞，歐陽明只能默默在心裡祝自己室友好運了。

小葉的這股保護勁……簡直像是丈母娘挑女婿了。

花花，你加油吧。

花忍冬自然不知道他們剛離開不久，身後就有一組跟蹤小隊迅速追上。

甚至遠遠超前他們的進度了。

他的一顆心，此刻都放在身旁的文靜少女身上。

電車伴隨著震動微微地晃呀晃的，晃得花忍冬的心臟也像小鹿在亂撞。

假日的電車本就人多，但花忍冬他們運氣好，上車時還有空位，才不用像後來上車的乘客必須一路站著。

坐在花忍冬身側的林綾垂著眼，目光專注地落在手機上，潔白的指尖靈活地按著鍵盤，輸入文字，甜美的側臉讓花忍冬百看不膩。

要不是擔心動作太明顯，他都想要拿出手機，來一陣瘋狂連拍了。

「林綾，妳是在回誰嗎？」花忍冬裝作自己只是隨口一問，其實他從林綾拿出手機時，就相當在意了。

「嗯，是小葉。」林綾也不隱瞞，直接將手機螢幕轉向花忍冬，「她問我們到了沒，人現在在哪裡？」

花忍冬一看，果然是葉心恬和林綾的聊天頁面。

基本上都是葉心恬問，林綾負責回答。

「小葉果然是很想來，卻沒辦法來啊。」花忍冬感慨地說，絲毫沒有意識到以葉心恬的性子，倘若她眞想做什麼事，又豈會讓其他小事絆著？

電車維持著一定的速度往前行駛，停靠不少站之後，終於到達最後的終點。

同時也是花忍冬他們的目的地，夢想樂園。

由於近日電視上廣告打得凶，加上適逢暑假，遊樂園的人潮自是大爆滿。

看著那一大片黑壓壓的人頭，花忍冬吞吞口水，再想到從夏舒雁那得來的票劵是能夠快速通關的ＶＩＰ票，一顆提起的心頓時又放下了。

只要能快速通關，就可以省去不少排隊之苦。

花忍冬不怕排隊，但是他捨不得讓林綾跟著一起排。

讓工作人員掃了手機螢幕上展示出的二維碼，兩人很快進入樂園，大量繽紛浪漫的色彩立刻湧入視野當中。

花忍冬心裡興奮，表面仍極力壓抑，「林綾，我們要先去玩什麼？人家覺得那個咖啡杯很不錯耶。」

「我們先去拍照吧。」林綾笑語晏晏地打破了花忍冬的夢想，「藍姊有交代，要多拍點照片讓小姑姑當作寫作參考呢。爲了節省時間，花花，要不要我們分開……」

「不行！」花忍冬大驚失色，一時沒控制好音量，當即引來其他遊客的注目。他連忙壓低聲音，可眉眼間依舊掩不住灼色，「不行啦，林綾，這裡人那麼多，人家那麼瘦弱，萬一不小心淹沒在人群裡該怎麼辦？」

林綾很體貼地沒有戳破自稱「瘦弱」的花忍冬，其實力大無窮。

「好吧，那花花你要跟好喔。」林綾用哄小孩的口氣說，臉上滿是笑意。

花忍冬二話不說地比了個敬禮的手勢。

沒有加入各項遊樂設施的排隊人龍裡，花忍冬和林綾開始四處走走逛逛，兩人各拿著手機拍照，爲的就是能取得更多不同的場景。

但拍著拍著，花忍冬手機鏡頭裡的景物，不知不覺變成了某個人的身影。絲毫沒留意到自己成了被拍的一方，林綾相當認眞地爲夏舒雁取景。

「來遊樂園果然來對了。」花忍冬拍得心花怒放，「感謝小姑姑的票，感謝小葉和歐陽都沒辦法過來這。」

殊不知，花忍冬嘴裡感謝的人物，有兩人其實是待在現場的。

「花花到底在幹嘛啊？」藏身在暗處偷窺的長鬈髮少女瞇細眼，將棒球帽的帽簷拉高，好看得更清楚一些。

「發發在拍照……」少女身旁的小胖子口齒不清地回應著，嘴裡還咔滋咔滋地咬著餅乾，「拍林綾。」

這兩人就是一路尾隨過來的葉心恬和歐陽明了——雖然因爲搭乘私人轎車，遠比花忍冬他們還要更早進入夢想樂園。

葉心恬甚至還強制拉著歐陽明先陪她玩過旋轉木馬和咖啡杯。明明興奮得滿臉通紅，但還是硬氣地說自己只是來嘗試一下平民喜歡的東西。

即使被人拉來遊樂園，還充當陪玩的，歐陽明仍是好脾氣地笑著應好。當然，更主要的原因，是葉心恬答應園區裡的零食任他吃到飽。

而藉著和林綾在手機上聊天，葉心恬也才能精準地找到對方的蹤跡。否則在這茫茫人海中，只會猶如大海撈針一般。

只是葉心恬沒想到，那兩人到了遊樂園後，竟然就是拍拍拍，不停地到處拍照。

說好的一起玩各項遊樂設施呢？說好的浪漫氣氛呢？

花花，你實在是太讓人失望了！

葉心恬在想像裡狠狠地教訓了花忍冬一頓，雙眼還是沒有離開林綾他們身上。

「眞是的，花花只會默默拍林綾的照片而已嗎？就不能拿出氣概，做點其他的事嗎？」葉心恬擰起姣好的眉毛，嘴上叨唸著。

「會吧。」歐陽明又拆開新一包餅乾，甜甜的香氣滲了出來，令他眉開眼笑，「我覺得花花肯定會做點其他事的，像是在半夜欣賞他拍的林綾照片，之類的。」

「聽起來眞像變態耶。」葉心恬咂了下舌。

渾然未覺自己落入他人的觀察中，花忍冬再次將林綾美麗的身影定格在他的手機螢幕裡，接著他瞥見不遠處就是雲霄飛車的排隊處，人龍居然出乎意料地短。

「林綾，趁現在沒什麼人，我們先去玩……啊，不對，應該先問妳會不會不喜歡太有速度感的設施？」

「你是指雲霄飛車嗎？其實我一直很感興趣呢。」

「眞的嗎？太好了，那我們趕緊過去排隊。」

花忍冬本來還有些擔心，給人文靜印象的辮子少女會拒絕自己的提議，沒想到對方毫不猶豫地答應了。

瞧見這幕的葉心恬不禁也有些吃驚，她以爲林綾不會喜歡這種太過刺激的項目。

事實證明，林綾沒有不喜歡。

相反地，她可以說是太喜歡了。

和花忍冬搭了第一次後，換她主動拉著人回到排隊隊伍，顯然就是要再挑戰第二次。

然後是第三次、第四次、第五次……

次數多到在底下等著的葉心恬都覺得要替他們頭暈了。甚至就連那邊的工作人員都記得他們的臉，笑著稱呼他們是「雲霄飛車小情侶」。

好不容易花忍冬和林綾像是終於玩膩了，不再重新回到人龍裡。從他們談笑自若，腳步踏實的情況來看，似乎雲霄飛車的疾速感和失速感，一點也沒對他們造成影響。

能夠和林綾一起排隊、一起並排坐著，讓花忍冬感到心裡甜絲絲的，正當他要詢問對方接下來有什麼打算時——

突然之間，有人像是沒看路一樣撞上了林綾。

那一下撞擊讓林綾反射性低呼了一聲，身子跟著也有些不穩。

「林綾！」花忍冬眼疾手快地扶住身旁少女，細長的眼睛染上怒意，瞪向撞到人的瘦小男子，「喂，你幹嘛？」

誰想得到男子卻是連聲道歉也沒有，頭也不抬地逕自走了，彷彿急著要去什麼地方。花忍冬心裡惱火，但更多的心思是放在林綾身上，頓時也不管那撞了人就跑的男子。

「林綾，妳有沒有怎樣？」花忍冬眼含關心。

「不，我沒事。」林綾也是嚇一跳的成分居多。她朝花忍冬安撫地笑了笑，下意識將從肩上滑落至手肘處的包包重新拉起。

然而手剛一碰，林綾就發現不對勁了。

包包被打開了。

「怎麼了嗎？有什麼不對嗎？」花忍冬全副注意力都在林綾身上，立刻察覺到對方的異樣神情。

「錢包……」林綾喃喃地說，臉上還帶著點驚異，鏡片後的眸子張大，「不見了？」

這還是花忍冬第一次看見那名總是沉靜如水的少女，流露出明顯吃驚的表情。但那份吃驚裡包含的並非慌張，更多的是一種新奇感。

就好像小孩子看見了稀罕的玩具一樣。

放在其他時候，花忍冬一定會能多看幾眼就多看幾眼。

那可是林綾的表情變化啊。

但此時花忍冬有更重要的事要做。

「林綾，妳在這裡等人家一會。」花忍冬語速飛快地交代，尾音才剛在空氣裡打個旋，他的身影已奔跑出去了。

讓林綾連喊住他都來不及。

同一時間，躲在角落偷窺的葉心恬也吃了一驚。從她的距離聽不見那兩人的對話，但從他們倆的神情及動作，她多少也能猜出一定是有狀況發生了。

應該跟剛剛那個撞到林綾的傢伙有關。

一見花忍冬毫不猶豫地朝某個方向疾奔，葉心恬也心急地伸出手，抓住還在旁邊吃零食吃得津津有味的歐陽明，拔腿追了上去。

「歐陽別吃了！別慢吞吞的！」

「哎哎?再讓我吃一口……小葉，這是最後一口了！」

葉心恬一邊跑，一邊恨鐵不成鋼地罵道；後方的歐陽明仍舊不放棄地要把剩下的零食送進嘴內，不過兩條腿倒也沒忘記要賣力跟上。

花忍冬速度極快，眼力也好，在人群中仍有辦法銳利地攫住他的目標。就是那個人！

個子瘦小，穿著暗綠外套，還戴著一頂帽子，半遮住臉；在一片繽紛色彩中，那暗淡的顏色反倒明顯。

花忍冬眼尖地瞧見那人將手上攢著的錢包塞入了外套的口袋中。

從錢包上的花朵圖案來看，正是林綾丟失的沒錯。

果然是這傢伙……趁隙偷走了林綾的東西！

花忍冬心裡火氣飆升，手指緊捏成拳，內心已經閃過無數個抓住人，將人暴打一頓的小劇場。

或許是覺得自己不可能被逮個正著，瘦小男子的步伐沒一會就慢了下來，頗有點悠閒漫步的味道。

只不過那份悠閒，在眼角瞥見後方的秀氣少年時，頓時被打散得一乾二淨。

男子神色大變，不假思索地狂奔起來。

「別想跑！」花忍冬豈會放過那個小偷，他腳下速度加快，和對方在遊樂園裡展開了一場追逐戰。

沒有花上太久的時間，這場追逐就來到了終點。

年紀輕、體力好的花忍冬終究佔了優勢，他將瘦小男子逼到園區一角，讓人沒辦法再有機會逃脫。

男子轉頭東張西望，確定自己後方沒路後，他眼神險惡地瞪向花忍冬，忽然朝人衝撞了去，打算硬闖逃跑。

在男子的預想中，眼前的少年看起來弱不禁風，肯定捱不過他這猛烈的一撞。

但事情卻遠遠超出他的預料。

花忍冬的身手也許稱不上矯健，可他擁有天生怪力。在男子氣勢洶洶衝來的同時，他長臂一伸，宛如將人當作一袋貨物般輕易扛起，然後重重往地面一摔。

男子壓根還不曉得發生什麼事，只覺天旋地轉，隨即是疼痛迸發開來。他發懵地躺在地上，尚未回過神來，就發現自己整個人被一把拎起。

花忍冬像拎小雞一樣，輕輕鬆鬆把身形瘦小，但也輕不到哪去的成年男子拎得離地。

男子被這發展弄得傻住了，他一時顧不得身上的疼痛，目瞪口呆地看著自己懸空的雙腳，差點以為自己在作夢。

下一秒，花忍冬將小偷扔到牆邊。任憑對方站不住腳地滑坐下來，他笑咪咪地跟著蹲下。

「把你偷走的東西交出來，不然人家會讓你好看的唷。」花忍冬說。

男子對這女性化的自稱詞嗤之以鼻，可不待他擠出一句嘲笑，蹲在他身前的秀氣少年已迅雷不及掩耳地出拳了。

殘影好似還留在眼前，男子耳邊卻是已發出拳頭打上牆壁的結實悶響。

男子反射性轉動眼珠子，看見那隻白皙的手慢慢抽走，暴露出遭到打擊的那一處牆面。這一看，男子的眼珠幾乎要突出來了。

前一秒平滑的壁面，眼下赫然凹陷了一個窟窿，被打碎的水泥塊「啪」地掉落在地。這粗暴簡單的一拳，當場讓男子嚇得全身哆嗦，一顆心更是快要從嗓子眼蹦出來了。毋須花忍冬再繼續威脅，小偷已急忙將偷來的錢包顫顫地交了出來。

「這才對嘛。」花忍冬眉開眼笑地接過錢包。

那張五官秀氣的臉龐明明掛著笑，可男子莫名感到寒氣襲來。

小心翼翼地將屬於林綾的錢包收好，花忍冬站起身子，意味深長的視線盯住了男子，接著他扳起手指，發出咔咔作響的聲音。

瘦小男子的臉全白了，在目睹了少年的怪力後，他簡直不敢想像那拳頭要是落在自己身上會有什麼下場。

花忍冬很想出一口氣，徹底教訓這個不長眼的小偷一頓，但又顧及林綾仍在原地等待他回去。在他遲疑之際，身後乍然傳來了一聲大叫。

「花花！」

熟悉的嗓音讓花忍冬下意識回過頭，那雙細長的眼睛瞬間瞪大。

瘦小男子則是抓住這個空隙，趁機連滾帶爬地逃走了。

花忍冬「嘖」了一聲，卻也打消了教訓人的念頭。不去理會逃逸的小偷，他滿臉吃驚地迎上小跑步過來的兩道身影。

葉心恬和歐陽明。

「小葉、歐陽，你們怎麼會在這裡？」

「什麼叫怎麼會在這裡？本小姐難道就不能來遊樂園嗎？」

「不是，你們本來不是有事嗎？」

「喔，那、那個啊……」葉心恬轉轉靈動的眼睛，接著抬高下巴，傲氣地說，「當然是事情辦完了啊，所以特地過來這裡看看，還以為是多了不起的地方，結果也還好嘛。」

「小葉明明就像小孩子一樣興奮。」歐陽明小小聲地說，換來葉心恬惡狠狠的警告眼神。

歐陽明摸摸後腦勺，想到今天的零食都是由葉心恬買單，就不再出聲拆對方的台，免得人家一氣之下，把他放在包包裡的餅乾全部沒收了。

「既然覺得還好，就不要突然出現當電燈泡嘛……」花忍冬含糊地嘀咕著。

「啊？花花你在抱怨什麼？」葉心恬手扠腰，犀利的目光直戳著花忍冬的臉。

「沒有啦，人家才沒抱怨什麼。」花忍冬快速轉移話題，「林綾還在等我回去，我們先趕快過去她那邊吧。」

「花花，你爲什麼要跑來這裡啊？還有剛剛那個大叔是誰？」歐陽明納悶地問道。

「那是小偷，他偷走了林綾的錢包，不過已經被人家拿回來囉。」花忍冬愉快地說，腦內已在想像林綾可能會對他的誇獎，「人家可是很文明地請小偷先生把東西交出來呢。」

葉心恬和歐陽明不約而同地看向牆壁上留下的拳頭大窟窿，一點也不覺得那和「文明」扯得上什麼關係。

但不管怎樣，對於花忍冬英勇地幫林綾拿回錢包，葉心恬決定就這一點意思意思地幫對方加個分。

就像花忍冬見到葉心恬他們時露出的吃驚一樣，林綾在見到朝自己走來的三人時，也忍不住流露出訝異的表情。

「小葉、歐陽？」

「林綾！」

「嗨，林綾，好巧呢。」

葉心恬一個箭步跑上前，挽住林綾的手臂；歐陽明則是揚起憨厚的笑容，向林綾打著招呼。

啊啊，他就知道，小葉果然變成了電燈泡！花忍冬眼睜睜看著葉心恬親熱地挽著林綾的手，心裡有說不出的羨慕嫉妒。不過他再轉念一想，想到之前的大半天都是由他霸佔著林綾，內心頓時平衡了不少。

時間越晚，遊樂園裡的遊客就越少，每項遊樂設施也不再大排長龍。

花忍冬一行人趁機將感興趣的都玩了一輪。

最後，則是不能免俗地以摩天輪作為收尾。

林綾和葉心恬坐同一邊，花忍冬和歐陽明則坐另一邊。

雖然沒辦法坐在林綾隔壁，讓花忍冬不禁感到可惜。不過能夠在對面光明正大地觀察著心上人的一舉一動，也讓他大感滿足。

隨著摩天輪的車廂緩緩向上爬升，地面上的景物也漸漸縮小。

「林綾，妳看！」葉心恬難掩欣喜地貼著窗，對著下方的景色指指點點，「可以看見整座遊樂園耶！」

「很漂亮，有點像小人國的感覺。」林綾溫柔地笑著應和，鏡片後的眼睫低垂，似水的眼眸同樣凝視著下方景色。

夕陽餘暉映上了整片玻璃窗，也照上了林綾的側臉，將之勾勒得越發細膩溫柔。

花忍冬移不開視線，可以聽見自己的心跳聲越來越大。

即使相處的時日只不過是一個暑假，但花忍冬知道，自己已完完全全地墜入情網。

他想，再過一陣子就是懸槐祭了。

少年暗暗下了決心，決定在祭典那一天——

就要向林綾告白。

〈花忍冬的遊樂園時間〉完

番外 小姑姑的聯誼時間

一根食指按著門鈴足足按了十秒鐘以上，讓叮咚聲的咚拉成一個長長的刺耳尾音。

但是登門拜訪的人就像是不覺得這聲音吵雜似的，手指再次往下壓，又是一個十秒長的鈴聲響徹在這棟兩層樓的建築物裡。

當那根食指即將促成第三道門鈴聲時，就聽見一道凌亂的腳步聲從院子裡響起，同時還伴隨著一道「來了、來了，我就來了，阿藍妳千萬別離開」的話語。

長髮束起、臉蛋素淨、卻透著一絲生人勿近感的藍姊用鼻子發出一聲冷哼，終於挪開了準備按下門鈴的食指。

當墨綠色大門被匆匆打開，一道身影也跟著撲出來，兩隻手張得開開的，顯然就要朝門外的藍姊撲抱過去。

「阿藍啊啊啊啊！我好餓啊！」夏舒雁發出了一陣驚天地、泣鬼神的慘號，「我餓到都快要看到雞排在眼前飛的幻覺了！」

「妳除了好餓還能說什麼？」被人一把抱住的藍姊嫌棄地掙了掙，「熱死了，還不鬆手。」

「我還會說我屁股痛！」夏舒雁鬆開手，義正辭嚴地大聲嚷嚷。路過的村民頓時驚疑不定地看了兩人一眼。

「不，你們誤會了。」藍姊冷靜地看過去，就像會讀心一般，「我們不是一對，也沒有相愛相殺，我更不可能用道具對雁子這個邋遢又無打掃能力的女人做些什麼，我眼光沒那麼差。」

「阿藍，妳雖然是在解釋，但為什麼我覺得膝蓋一直在中箭呢？」

「這個妳就沒誤會了。」藍姊陰森森地說，「我就是在人身攻擊妳。」

「嗚嗚，阿藍妳這沒良心的。」夏舒雁故作傷心地揩了揩沒有淚水的眼角。

「那麼，沒良心的我就回宿舍去了。我認得路，不用送。」藍姊擺擺手，毫不猶豫地轉身欲走。

「不要啊，阿藍！」夏舒雁頓時又如八爪章魚般纏了上去，「我這腸胃現在也只能喝粥了，妳若是不幫我煮，我真的會餓死。妳總不能讓春秋和小蘿回來時，再也看不到他們蕙質蘭心的小姑姑啊。」

「妳有臉說我還沒臉聽。」藍姊的白眼都想翻到頭頂上了，一記拐子不客氣地撞向夏舒雁，自顧自地走進屋子裡。

打從夏舒雁不幸得了急性腸胃炎後，就被醫生勒令一個禮拜內的飲食必須清淡，炸的、辣的、冰的、重鹹的東西統統不准碰，只能喝稀飯。

但是問題來了，夏舒雁廚藝好，煎煮炒炸難不倒她，就連下酒菜都很擅長，偏偏碰上最簡單的稀飯卻只能舉手投降。

「我又不喜歡稀飯，當然不會煮啊。」這是夏舒雁振振有詞的回應。

「聽說人只要有喝水，七天內不吃是不會死的。」這是堇姨知道事情後毫無同情心的結論，「雁子，妳剛好可以趁機清個腸胃、排個毒，七天後就會讓村民看到全新的妳了。」

「是根本看不到我了吧！」夏舒雁嗷嗷慘叫。

於是，用一個月的免費啤酒跟下酒菜作爲交換條件，藍姊接下了一星期的煮粥任務。

雖說主食都是稠糊糊又毫無鹹淡的稀飯，不過每日出現在桌上的配菜還是有所變化。

例如，今天藍姊帶來的是家裡醃的醬菜。

「我下次是不是該去學怎麼醃個蘿蔔或是小黃瓜啊？」夏舒雁細細品嚐嘴裡醬菜的滋味，一臉感動。

「學煮稀飯吧妳。」藍姊直接給她一記白眼。

「咦？我才不要。如果眞的學會了，不就等於我是在替日後可能會得腸胃炎這件事插旗嗎？」夏舒雁一秒否決，將碟子裡僅剩的醬菜全都掃到自己碗裡。

她正稀里呼嚕喝著稀飯的時候，午間新聞突然跳出一則插播。

「日前××國小老師向社會局通報黃姓女童失蹤一案，目前有了最新進展。一許姓女子向派出所自首，因爲不忍心見女童長期遭受母親虐待，才將其帶走。」

「許女就住在女童家樓下，記者走訪公寓一趟，鄰居們表示許女的女兒在數年前因病去世，或許是女兒年紀與黃姓女童相仿，所以對女童格外照顧，兩人間的感情也極爲要好。」

「據了解，許女之所以會主動投案，是爲了請求警方搜索目前下落不明的女童……」

看著畫面裡一臉憔悴、滿眼血絲的長髮女子，夏舒雁不勝唏噓地搖搖頭，拿起遙控器切換頻道，避開了這個沉重的新聞。

客廳裡沉默了一會兒，藍姊忽地輕踢了她一下。

「冰箱還有啤酒嗎？」

「有啊，我腸胃炎前一天才剛買了一手的量呢。」夏舒雁下意識回道，「妳問這個做什麼？」

「喝酒啊。」藍姊回了一個「妳傻了？」的表情，拿著空碗走進廚房。

夏舒雁忍不住扭過頭，視線一路尾隨著她的背影。這種從心裡湧出的感覺，莫非就叫羨慕嫉妒恨？

藍姊再回來客廳時，一手拿著啤酒，一手則是端了個馬克杯。

「阿藍，難道杯子裡裝的是……」夏舒雁滿懷期望地睜大眼，想著好友會不會大發慈悲地讓她喝點小酒解解饞。

「是溫開水。」藍姊一句話殘酷地打碎她閃亮的眼神，「妳該吃藥了。」

「喔……」夏舒雁有氣無力地拉長聲音，覺得世界又變成黑白了。

「這杯子哪來的？感覺不像妳的風格。」藍姊舉高杯子，端詳著繪在上頭的兩隻小熊，一大一小。大的那隻繫著藍圍巾，小的那隻則是粉紅圍巾，筆觸很是童稚可愛。

「這是我們家親親小蘿畫的杯子。」一提到萌萌的小姪女，夏舒雁當下就把無法喝酒的哀怨拋到九霄雲外，興致勃勃地介紹起杯子來歷，「藍圍巾的是春秋，粉紅圍巾的是小蘿，是不是超可愛的？」

「嗯，可愛，小蘿眞有藝術天分。」藍姊不吝惜地讚美，「比只會畫火柴棒人的某人厲害太多了。」

「哎唷，其實會畫火柴棒人也很厲害了。」某人接過杯子，得意洋洋地說。

藍姊直接當作沒聽到。

將四、五顆藥丸丟進嘴裡，再配著溫開水吞下去，夏舒雁哈地吐出一口氣，接著像是想到什麼，又轉頭看向藍姊。

「對了，阿藍，妳有收到紫紫的訊息嗎？」

「聯誼那個？」藍姊漫不經心地問。

「嗯啊，這禮拜日晚上，怎樣，要一起去嗎？」

「沒興趣。」

「欸……妳不去嗎？那我一個人多無聊。」夏舒雁哀怨地瞅著她。

「妳，」藍姊終於把注意力放到她臉上，一字一頓地問，「要、去、聯、誼？」

夏舒雁笑咪咪地點點頭。

「從實招來，聯誼地點是哪裡？」藍姊雖然也同樣收到了高中同學的訊息，但一看開頭是問她要不要參加聯誼，就直接把訊息刪掉了。

「嘿嘿，阿藍，妳眞了解我。」夏舒雁笑得露出十二顆牙齒，「燒烤店。」

「妳是忘了妳就是因爲又吃冰又吃辣又吃燒烤，睡前還灌了一瓶啤酒所以才腸胃炎的嗎？」藍姊從牙關裡擠出冷颼颼的聲音。

「所以我這次會只吃燒烤，不吃冰不吃辣不喝酒。」夏舒雁將三根手指併攏貼在額邊發誓，「呃，最多就是再喝幾杯可樂？」

藍姊看著她的眼神明明白白地寫著「沒救了」三個字。

燒烤店裡人聲鼎沸，服務生端著菜盤、肉盤及海鮮盤穿梭其間，濃郁的肉香味撩動著食欲，讓人食指大動。

夏舒雁雖然對聯誼沒有興趣，但她對烤肉非常有興趣。已經一個禮拜不知肉味，她毫不猶豫地答應了高中同學、亦是這次聯誼主辦人——紫妍華——的邀請。

由於對方覺得自己的名字唸起來太拗口，便讓大家直接喊她紫紫，聽起來可愛又俏皮，還容易讓人印象深刻。

紫紫人如其名，長得漂亮又高挑，一看到夏舒雁立即笑容滿面地迎上去，看似親親熱熱地挽著她的手，實則壓低聲音在她耳邊小小聲地說。

「雁子，我醜話先說在前頭，妳就是湊人數吃烤肉的，可別跟我搶男人。」

「這不是當然的嗎？」夏舒雁一點也不以為忤，她就是喜歡紫紫這種毫不遮掩的直性子。

「可惜阿藍沒有來，有了她做對比，那些男人就更能感受到我的親切溫柔了。」紫紫嘖了下，扼腕計畫失敗。

「下次妳約居酒屋，她說不定就會來了。」夏舒雁幫著出主意。

「一個、兩個都是酒鬼。」紫紫語氣滿是嫌棄，但一雙漂亮的眼睛裡卻閃過縱容。

包含夏舒雁在內，這次聯誼的人數共有十人，五男五女，按性別分坐在長桌兩側。

紫紫特意將夏舒雁安排在長桌靠外的座位，既能隨時招來服務生點菜，還只需要與一位男性共享烤爐就好。

坐在夏舒雁對邊的是一名有著上揚眼角的黑髮男子，約莫二十七、八歲，看起來笑盈盈的，容易讓人產生好感。

只是自我介紹時，他說了句「敝姓葉，葉三千，自由業，大都是接一些看風水或是幫忙超渡的案子」之後，紫紫與另外三名女同事瞬間安靜了幾秒，隨即又像是什麼事都沒發生般對他笑了笑，轉過頭與其他男性聊了起來。

「三千很好啊，三千世界、一念三千，聽起來多有深度啊。」夏舒雁是個自來熟，一邊烤著肉一邊稱讚起男子的名字。

「夏小姐思考的方式眞特別，一般人最先想到的都是三千元的三千。」男子看向夏舒雁的眼神透出一抹驚奇。

「叫我雁子吧，喊夏小姐多彆扭。」夏舒雁擺擺手，接著像是要與他分享祕密般地往前湊，壓低聲音說道，「其實我就是來湊數的，所以你不用太有壓力。」

「偷偷告訴妳，我也是來湊數的。」葉三千以同樣的音量回應，「朋友說要請我吃烤肉我才來的。」

「眞是好朋友啊！」夏舒雁由衷稱讚一聲，她還是自費來的呢。

以此爲契機，兩人之間的氣氛頓時熱絡了起來，聊天的話題也東南西北。

聊著聊著，還發現兩人同樣對民間習俗、靈異事件這類事特別感興趣，夏舒雁頓時有種相見恨晚的心情。

她這個人喜歡寫驚悚小說，也喜歡講鬼故事和聽鬼故事，但是小蘿太小了，她實在捨不得摧殘這麼可愛的國家幼苗。

藍姊早已脫離幼苗時期十多年，她是想摧殘，然而對方不肯啊，還一臉「妳講一句我就捅妳一個洞」的冷冰冰表情。

至於明明是最好素材提供者的堇姨，則是慵懶地抽了一口菸，說，「可以啊，一次鬼壓床換一個故事。」

此時此刻可以遇到志趣相投的同好，夏舒雁感動得只差沒抓住葉三千的手不放了。沒抓住他的手是因爲夏舒雁還要忙著烤肉烤菜烤海鮮，她的胃空虛了一星期，當然要在今天好好慰勞慰勞。

專心吃肉和專心聽葉三千講著工作上遭遇的夏舒雁，渾然沒有注意到對方正用欣賞又著迷的眼神盯著她。

眼見桌上的肉盤空得差不多了，她喝了口可樂，轉頭想招呼服務生過來點單，卻猝不及防地與一雙純然漆黑、不見眼白的眸子對上了眼。

夏舒雁嘴裡的可樂險些噴出來。

我靠……小葵爲什麼會在這裡？她不敢置信地看著站在桌旁咧嘴對她笑的紅衣小女孩。

但這動靜已足以讓葉三千關切地看過來，只見那張原本掛著閒散輕鬆笑意的臉孔驀地一凝，上揚的眼角也跟著垂下來。

「妳……」

「咳、什麼？」夏舒雁終於將嘴裡的可樂吞了下去，差點以爲自己會被可樂嗆死。

「妳還好嗎？」葉三千抽了張紙巾給她。

「我還好。」夏舒雁接過紙巾擦了擦嘴，眼角餘光卻總是不受控制地溜向桌邊的紅衣小女孩。

仗著只有夏舒雁瞧得見自己，小葵踮高腳尖、伸出手，想要把放著烤肉的那個盤子搆過來。

一根筷子不輕不重地敲在小葵的手背上。

一大一小瞬間瞪圓了眼，像是受到驚嚇般地看向筷子的主人。

「剛剛好像有蟲子飛過去。」似乎是覺得自己的動作太突然，葉三千有些尷尬地解釋。

「沒事、沒事，我不介意的。」夏舒雁鬆了口氣，對他爽朗一笑，「我要再加點了，你還想吃什麼？」

「要牛五花！」小葵大聲地發表意見。

「好好好，牛五花……」夏舒雁話說到一半，才猛然意識到自己是應了誰的話，她覷了對邊的葉三千一眼，發現對方也一臉古怪地回望她。

「你……」

「妳……」

兩人同時開口，卻又同時沒了下文，一時只能大眼瞪小眼。

眼見夏舒雁雖然附和了她的話，卻遲遲沒有勾下菜單上的選項，小葵忍不住出聲提醒，「小姑姑，我要吃牛五花。」

這下子，夏舒雁想要假裝若無其事都做不到了，因爲葉三千的目光的的確確是轉向了小葵的位置。

是了，她怎麼忘了，對方都說過他接的是看風水跟超渡的案子，自然有很大可能會「看得到」。

「她是……妳姪女？」葉三千壓低了聲音，有些吃驚地問。

「什麼？才不是呢！我姪女更可愛的！」夏舒雁反射性回了一句，還不忘轉頭安撫小葵，「不是說妳不可愛喔，小葵，妳也很可愛，只是還差了我們家小蘿一點點。」

很顯然，小葵完全沒有被安慰到，跺跺腳，氣呼呼地對著她做了一個鬼臉。

「我不要牛五花了，我要回去跟堇姨說，妳喜新厭舊、始亂終棄、見色忘小孩、有了新人忘舊人！」

在一大串亂七八糟的成語中，夏舒雁耳尖地抓到關鍵字，並且迅速拼湊出眞相。

「果然是堇姨派妳來的！我還在想她怎麼那麼好心要載我一程，原來是要讓妳過來實況轉播的，對不對？」

「啊……」發現自己露餡了的小葵忙捂住嘴，眨巴了下漆黑的大眼睛，身影開始變得越來越淡，似是想要把自己藏起來。

「大人講話，小孩子可別躲起來偷聽。」葉三千沒有避諱夏舒雁的視線，冷不防從外套裡抽出一張符紙貼在半空中的某一處。

他的動作很快，其他桌的客人與服務生根本沒有注意到，更別說是身旁聊得正開心的四男四女了。

只見紅衣小女孩重新現出身形，委屈地抽噎一聲，搶過夏舒雁的可樂喝了一大口，然後頭也不回地跑走了。

「酷，你剛剛做了什麼？」夏舒雁眼睛亮晶晶的。

「只是一張讓鬼現形的符而已。」被那雙眸子直勾勾地盯著看，葉三千嘴角忍不住微翹了翹，心裡像是被放了一大朵棉花糖，又甜又飄飄然的，但還是不忘問出疑惑，「剛剛的孩子是？」

「那是小葵，是我朋友養的鬼……啊，我朋友是村子裡的師婆，正正經經的那種，絕對不會做傷天害理的事。」夏舒雁就怕對方誤會，特意解釋了下堇姨的身分。

說到後來，似是覺得口渴了，順手拿起方才被小葵喝了一口的可樂。

「別喝！」

葉三千阻止的聲音慢了一步，把可樂當成啤酒般，充滿氣勢的夏舒雁在喝了一大口之後，又臉色驟變地將可樂吐回杯子裡。

「這什麼東西？根本沒味道！」夏舒雁瞪著杯子裡的黑色液體，嘴裡只剩下碳酸氣泡所製造出來的刺激感。

「被鬼喝過的飲料和吃過的食物，都會沒了味道。」葉三千將自己還沒喝過的飲料推過去，對於紅衣小女孩臨走前的小小報復手段感到啼笑皆非。

夏舒雁聽了不禁咂舌，決定明天要去堇姨家，沒收那些借給小葵的韓劇和日劇！

這次的燒烤店聯誼，紫紫很滿意，夏舒雁也很滿意，因爲她不僅品嚐到了久違的肉，還結交了聊得來的同好一枚。

想著對方保證日後會告訴她更多的靈異故事，夏舒雁連走路都是哼著歌的。

才剛走進屋子裡，手機就響起了LINE的提示音，傳訊的人正是葉三千。

「我、到、家、了……」夏舒雁邊說邊輸入，接著又點開了已累積不少未讀訊息的「乾一杯」群組，前面大都是藍姊跟堇姨有一搭沒一搭的閒聊，後邊則是藍姊留給她的訊息。

傍晚七點多有地震。

震央離村子很遠，不過晃的那一下有點大。

我在處理宿舍的事，沒辦法過去妳家。

妳記得檢查一下。

「眞的假的，有地震？」夏舒雁忙將一樓所有燈打開，從客廳檢查到廚房，什麼異狀都沒有發現。

心裡正鬆了口氣的時候，鞋底卻好像踩到了什麼，她連忙低下頭，一雙眼頓時不敢置信地瞪得大大的，發出心痛的哀號。

「不是吧，小蘿送給我的杯子！」

不知道是不是因爲地震晃動的關係，出門前，她放在桌邊的馬克杯此時已可憐兮兮地摔碎在地板上，猙獰的裂痕將原本相偎在一塊的藍圍巾熊與粉紅圍巾熊硬生生分開了……

〈小姑姑的聯誼時間〉完

後記

替自己撒花一下，《春秋》系列終於來到第六集了，本回從封面、拉頁到番外，都是花花的回合。

在主角群中，只要寫到花花的時候，都會特別開心。很喜歡他積極正面又圓滑的個性，還有面對林綾時會展現出來的粉紅少女心XD

由於這一集的主題是姑獲鳥，所以在主要事件之外，又安排了一個小小的案外案。不知道有沒有人注意到，〈小姑姑的聯誼時間〉中，新聞報導的當事人其實就是莉莉跟許慧馨。

許慧馨的遭遇與柳繡眉相似，只是一人是妖魔版的姑獲鳥，一人則是人類版的姑獲鳥。她們都愛著孩子，然而採取的手段卻過於偏激，而導致了悲劇發生。

看完《春秋6》就會發現，《春秋7》的故事是接續在後面的，可以將它們視作上下集。當祭典籌備完成之後，接下來就是懸槐祭的盛大舉行了。

相傳只要在祭典晚上的篝火大會向喜歡的人告白，並且送出禮物，這段戀情就會受到神明大人的祝福。究竟哪幾對會修成正果呢？

咳咳，某一組因爲年齡差當然還沒有辦法，不過偷偷透露一下，花花要跟林綾告白囉！

《春秋異聞》即將邁入最終回，夏家兄妹的身分亦將揭曉，他們是故事的起點，也是故事的終點，暑假快要結束了，眾人會迎來怎樣的命運？我們下一集見了。

照慣例附上感想區的ＱＲ碼，對於《春秋６》有什麼想法，歡迎告訴我喔。

醉琉璃

春秋異聞感想專屬QR Code
歡迎大家上來聊聊唷^^

【下集預告】

春秋異聞

一年一度的懸槐祭盛大揭幕，
隱藏村裡多年的妖物卻驟然現身，
熱鬧的祭典晚會瞬間成了惡夢的開端。

面對被操控的村民，以及可怕的蛛女，
夏春秋等人要如何逃出生天？
而夏家兄妹不為人知的祕密，也終於揭曉……

最終夜．懸槐祭

2017漫畫博覽會，精彩呈現！

國家圖書館出版品預行編目資料

春秋異聞.卷六,代神村 / 醉琉璃 著.
——初版. ——台北市：魔豆文化出版：蓋亞文化發行，2017.06
面； 公分.（Fresh；FS135）
ISBN 978-986-94297-7-1（平裝）
857.7 106008856

fresh
FS135

春秋異聞

卷六
代神村

作者 / 醉琉璃
插畫 / 夜風　　封面設計 / 克里斯
出版社 / 魔豆文化有限公司
地址◎ 台北市103赤峰街41巷7號1樓
電話◎（02）25585438　傳真◎（02）25585439
部落格◎ gaeabooks.pixnet.net/blog
臉書◎ www.facebook.com/Gaeabooks
電子信箱◎ gaea@gaeabooks.com.tw
投稿信箱◎ editor@gaeabooks.com.tw
郵撥帳號◎ 19769541　戶名：蓋亞文化有限公司
發行 / 蓋亞文化有限公司
法律顧問 / 宇達經貿法律事務所
總經銷 / 聯合發行股份有限公司
地址◎ 新北市新店區寶橋路二三五巷六弄六號二樓
電話◎（02）29178022　傳真◎（02）29156275
港澳地區 / 一代匯集
地址◎ 九龍旺角塘尾道64號龍駒企業大廈10樓B&D室
電話◎（852）2783-8102　傳真◎（852）2396-0050
初版一刷 / 2017年6月
定價 / 新台幣 220 元
Printed in Taiwan

ISBN / 978-986-94297-7-1

魔豆

魔豆